中国当代乡土小说文库

乡村诗人

■ 刘玉堂 / 著　　山东城市出版传媒集团·济南出版社

图书在版编目（CIP）数据

乡村诗人 / 刘玉堂著 . -- 济南：济南出版社，
2019.4（2024.2 重印）
（中国当代乡土小说文库）
ISBN 978-7-5488-3657-5

Ⅰ . ①乡… Ⅱ . ①刘… Ⅲ . ①长篇小说 - 中国 - 当代
Ⅳ . ① I247.5

中国版本图书馆 CIP 数据核字（2019）第 066514 号

乡村诗人 / 刘玉堂著

出 版 人　崔　　刚
总体策划 / 责任编辑 / 装帧设计　戴梅海

出版发行　济南出版社
地　　址　济南市二环南路 1 号 [250002]
网　　址　www.jnpub.com
电　　话　0531-86131726
传　　真　0531-86131709
经　　销　各地新华书店

印　　刷　山东百润本色印刷有限公司
成品尺寸　150×230 毫米　16 开
印　　张　7.25
字　　数　107 千
版　　次　2019 年 5 月第 1 版
印　　次　2024 年 2 月第 2 次印刷
定　　价　49.00 元

发行电话　0531-86131730/86131731/86116641
传　　真　0531-86922073

　　刘玉堂，文学创作一级，中国作协会员，曾任山东作协副主席，现为山东作协顾问。

　　自1971年开始文学创作，至今已发表作品500多万字，著有中短篇小说集《钓鱼台纪事》《滑坡》《温柔之乡》《人走形势》《你无法真实》《福地》《自家人》《最后一个生产队》《县城意识》《乡村情结》《一头六四年的猪》《山里山外》《刘玉堂幽默小说精选》，长篇小说《乡村温柔》《尴尬大全》，随笔集《玉堂闲话》《我们的长处或优点》《好人似曾相识》《戏里戏外》《所以说》等。作品曾获山东泰山文学奖，上海长中篇小说大奖，齐鲁文学奖，山东优秀图书奖，山东新时期农村题材一等奖，及《中国作家》《上海文学》《萌芽》《鸭绿江》《时代文学》等数十次省级以上刊物优秀作品奖，其随笔数十次获全国报纸副刊协会及省级报纸副刊协会奖。

　　刘玉堂被评论界称为"当代赵树理"和"民间歌手"，他的作品大都以山东沂蒙山农村为背景，描写农民的善良和执着，显现出来自民间的伦理、地域的亲和力和普通百姓的智慧与淳朴。他的语言轻松、幽默，常让人会心一笑。有关刘玉堂本人及其创作，著名作家李心田曾有诗道：

　　　　土生土长土心肠，专为农人争短长。
　　　　堂前虽无金玉马，书中常有人脊梁。
　　　　小打小闹小情趣，大俗大雅大文章。
　　　　明日提篮出村巷，野草闲花带露香。

乡村渐远　记忆永存

——中国当代乡土小说文库·刘玉堂专辑总序

刘玉堂

这套书里收录了我最深刻和最坦诚的记忆。

也是无论何时拿出来，我都不会为之脸红和惭愧的文字。它们记载了一个历史时期的段落，一片乡土的昔日，一种记忆的珍藏，或许没有美丽的田园牧歌，但有一种亲历者转述时的恳切。

国之虽大，无非两处所在：一是城市，二是乡村。国人虽众，亦分两群：一是城里人，一是乡下人。我是城里的乡下人。乡下人的习性和格局，注定了我只能紧紧抓着那些真正属于自己血脉里的东西。

本雅明评价《追忆似水年华》时说：世上有一种二元的幸福意志，一是赞歌形式，二是挽歌形式。前者容易辨认，但往往显得肤浅；而后者则往往被理解为苦役、患难和挫折的变体。我认同，所以也努力把这些文字编织成尽可能温情的乡土挽歌。

故而我写苦涩中的温情，无奈时的微笑，孤苦中的向往；有时干脆就是直接捧出一束未经任何加工的原汁原味的野草闲花献给你。用自己的语言，写自己的故事，是我自觉追求并努力实践着的。

大概十多年前，儿子新婚，依照家乡习俗要上喜坟。带儿子儿媳归乡，却找不到他爷爷奶奶的墓地。我无法描述彼时彼境，毕竟不知不觉间，我也很久不曾回到家乡了。所以，除了进入回忆和文字，否则我们绝无可能再回到那片我们一直赞美过的故土与时代。

人类的记忆又有很强的过滤功能。年代久远，许多痛苦甚至悲伤的事情会被过滤掉，留下的多是美好与温馨。"上山下乡"的知青故地重游，未必真的想重回当年的岁月，而是出于一种对青春岁月的留恋。

　　进入城市，或许才真正是几千年乡土中国的必然结局。中国乡土的昔日，其实没有什么美丽的田园牧歌，所谓的乡愁，可能也只是今日在城市中的我们，对记忆的美化，或者并不曾长在乡土之中的人们的臆想。

　　这也就不断提醒我们一个命题：如今的乡土文学应该怎么写？对此，我不能提供一个可期待的角度。但无论何时，我都偏执地认为，这种写作一定是面对自己的，充满诚意的，绝对不会丢弃审美与反省的。同时，这种写作应该赋予苦难以温情，而不是赋予苦难以诗意，至少保有一副写作者正常和普通的心肝，如果再有那么些许的使命感，就更好了。无论时代多么繁花似锦烈火烹油，小日子、小人物，活着，微笑着的众生，才是最值得我们保存和记录的。

　　最后，乡村要复苏，必然要抛弃传统的农耕方式和生活模式，而这些原本是乡村记忆的核心组成部分。乡土又是文明的缩影，即使我们远离村庄，依然也无法改变传承下来的行为方式。所以，我们永远是城里的乡下人，永远会记得起乡愁。但我们的后代可能不是，乡愁亦将与之无关。

　　乡村正在渐行渐远，如果有那么一天，曾经生养过我们这些人的乡土归于消逝，我还是天真地希望，这种消逝带着温情和平静，而所有关于乡土的记忆，则长久地保留下来。

　　亦希望，乡民的后代们进入城市，仍愿意读取先辈们性格中温情脉脉的那一部分记忆。

　　这是我不离不弃的期冀，而记录它们，则是我不离不弃的事业。

　　是为序。

2018-7-31 / 于济南

目　录

第一章　乡村诗人

一

　　水运山承包了一面山坡，是三十年不变的那种。那面山坡曾拍过一次电影，就是《南征北战》里面凤凰山总攻开始了的时候，一个不愿当"大爷"的老头儿说"我也是民兵啊"，然后嘿嘿着蹲下去的那面山坡。那座山的顶部呈凹形，阴面很陡，土很薄，只能生长一种叫作菠萝叶的小树。这种东西叫是叫菠萝叶，但跟南方那种能吃的菠萝完全不是一回事儿。它的叶子很大、无味儿，采下来晒干之后蒸馒头的时候可作笼布用，蒸出来的馒头就带着叶茎脉络的花纹，很美丽。这地方讲究这个，就像有的地方捏水饺讲究上面的指纹一样。也可包粽子用，只是煮熟之后味道一般化。阳面的山坡则较肥沃，矮的花椒树、高的柿子树都有，还有一个大果园，但没拍过电影，水运山就承包了拍过电影的阴面儿。当然了，抓阄儿的时候没抓着阳面儿，而让那些阴暗的坏家伙抓去了，也是一个原因了。虽然吃点亏，但是拍过电影，电影是随便什么山都能拍的吗？水运山为此赋诗一首：

> 大树长不成，
> 春风吹又生。
> 革命好传统，
> 拍过一电影。

　　水运山上过初中，会写诗，还会写清平乐、浪淘沙什么的。他不写菩萨蛮，他讨厌那东西，他不知道为什么要叫菩萨蛮，野蛮的菩萨？开玩笑！而且一提起菩萨蛮，他不知怎么就能联想到他嫂子。那家伙可真是个菩萨蛮啊！长得倒可以，白白的，胖胖的，腿肚子很性感，她刚嫁到他们家的时候，他特别喜欢看她搓麻线，她还给他做过一双千层底的鞋呢！现在的形象也尚可，徐娘半老，风韵犹存，可心眼儿不好使啊！她的孩子大了，用不着这个小叔子了，还搞起了代销店，就千方百计地挤对他，说是房子不够用了，"你的房子位置不错呢，挨着公路，搞商品流通位置最重要了！"瞧，还商品流通呢！她还侮辱咱的人格呢，他哥水运河当了三年兵回来，不安心农村了，到煤矿上干计划内临时工去了。菩萨蛮刚嫁过来的那两年，水运河每次从矿上回来，把自行车一扔就让他出去学自行车。

"我会了！"

"那……去打瓶酒来！"他让他去打散装的需多用点时间的那种酒。

他刚走出去，屋门"咔嚓"就从里面插死了，等到他打了酒回来，那屋的门还没开，他往往要在门外喊一声："找回两个小钢镚儿！"

"给你了！"

他就攒了许多小钢镚儿。

后来就分了家，中间一道秫秸墙之隔。那回水运河回来，两口子在院子里吃饭。他哥说："要不，把你妹妹介绍给小山子算了！年龄也不小了！"菩萨蛮竟说："去你的，人家早有主儿了！没主儿也不能跟他呀！武大郎似的！把武松弟兄俩整个地翻个个儿就是你俩！"

她糟践人太狠了！怎么想出来的呢，还武大郎！

老河子也让她腐蚀毁了，良心大大地坏了，他听菩萨蛮将他美化成武松，还在那里"嘿嘿"呢！

一时兴荒山承包，他就巴不得来山上住了，阴面就阴面，重要的是能离开菩萨蛮，还拍过电影。他的那两间房子就让菩萨蛮搞商品流通去了。搬来之前，他在那窗户纸上作词二阕：

> 小人得志，
> 净吃好东西。
> 嘴吧嗒得很响，
> 馋老子。

> 堂堂男子，
> 怎馋那东西。
> 不过也真气人，
> ×你妹！

写完了，又觉得最后一句不妥，此事与她妹妹无关，就又勾掉，改成了"×她的"。

二

水运山的窝棚不是一般的窝棚，很大；墙上的石头有小沟儿，很整齐，是修大寨田的时候队上统一盖的。屋脊上原先有瓦来着，责任制刚开始的时候让人揭去了，窗子也让人卸走了，但屋框儿还在。那时候搞梯田大会战，说盖就盖上两间，比方安个铁匠炉将会战用坏的镐头钎子回炉重造了；或在里面安上口大锅，上边儿来人检查工作的时候想吃羊而又顾虑影响在这里而不是在庄里煮煮了；这里离庄又远，正干着活下雨来了进里面躲躲了什么的，反正盖了就有用，沂蒙山几乎所有的山上就都有这样的破屋框儿。水运山将那架屋框儿修修好，安上窗子，又将房子隔成三间，还专门拿出一间作书房呢！他对那间书房特别感兴趣，尽管里边儿书不多，主要是能有一种办公的感觉，当然了，办公主要是写诗词，具有案头工作的性质。比方他治山的规划或每天的活动就常用诗词来表示。

他治山的规划是：

> 山上菠萝叶，
> 山腰栽红果儿，
> 山脚一片大果园，
> 都须挖好鱼鳞穴。

某天的活动是：

> 挖了七个鱼鳞穴，
> 挖出一块燕子石。

听说能做砚台用？
那就是块好东西。

看了《萌芽》第十期，
有篇小说叫《福地》。
一看简介方知晓，
那作家原是我县的。
抽空要去拜访他，
求他推荐我的诗。
那诗若是发了表，
送他一块燕子石。

他就有许多过时的刊物和初中语文课本什么的。这天晚上他翻一本初二的语文，想查对一下"山，离天三尺三"是叫《浪淘沙》还是《西江月》来着，却就从书里掉出了个小纸包，里面包着一缕缕的红丝线、绿丝线，是绣花用的那种，很黏，手若很粗糙能让它粘住。他就想起那是菩萨蛮在家当姑娘的时候从娘家偷出来让他存着的，可见那时候她就已经坏了啊！

那时候，水运山在她庄上上学。那庄很大，人很乖。比方你到那庄上去赶集，遇见个那庄的熟人甚至就是你的亲戚，他会这样问你：

"赶集呀？"

"赶集！"

"赶完了集家去吧！"语气当然是亲切的。可你若不知好歹，真的赶完了集上他家去了，那你就会坐冷板凳，水不让你喝一口，烟不让你抽一支，你坐一会儿没意思很懊恼地出来了，心里骂着这家狗日的，可又说不出口来。你一想，人家让你"赶完了集家去吧"又没一定让你上他家，可要是回自己的家那何必用他说？那庄的人就这么乖！所以老河子曾跟他说："这庄上的人最不中交了，一个个脱产干部样的竖插（方言：耀武扬威、人模狗样貌）着，真是恬不知耻啊！"可他临当兵的时候，竟跟那庄上的菩萨蛮定了亲。关键是她漂亮。水运山在那里上初中，有天晚上看电影，菩萨蛮遇见他，将他拽到一边儿："你哥最近没来信啊？"

"来没来信你还不知道吗？"

"你这个小坏蛋儿！让心眼子坠得都不长个儿了！"说着就将一个小纸包塞到他手里："拿回去，给我存着！"

他就拿回来夹到书里了。她嫁过来这么多年也没提起这事儿，忘了，他也没想起来。

菩萨蛮的妹妹跟他是同学，叫赖福玲，比她姐姐还漂亮，也更坏。她经常通知他去她家干活呢！那回给她家脱坯简直累毁了堆呀！她则两手插到裤兜儿里在旁边这样那样地指挥呢！脱完了坯饭没让咱吃一口，咱窜了八里路回到家啃了个凉窝窝算了，妈的！

三

> 山上生活尚可以，
> 就是吃水成问题。
> 一天只需一担水，
> 来回也要六七里。

水运山来回六七里去山下挑水的那个庄叫碾砣，十来户人家，绿树掩映着一片茅舍，很集中的一小撮。他那个庄比碾砣大多了，离他的窝棚也近，但在山那边儿，若去那里挑水，须翻过那个凹形山顶，而且很容易碰见菩萨蛮，就不如去碾砣。去碾砣挑水还能激发出一点居高临下的优越感呢！这阴面山坡是我的，拍过一电影！碾砣太小，平时不怎么见生人，来个生人就格外稀罕，也格外爱跟人家搭话，问起话来还格外仔细。水运山去挑水，一个老太太见了老远就跑过来问他："挑水啊？"

"挑水！"

"没带井绳啊？"

"没带哩！我没有！"

"我家去给你拿！"说着颠儿颠儿地就去拿，拿来井绳，又问："就你自己在山上住啊？"

"啊！"

"家里没别人了？"

"没了！"

"一个人住着好是好，就是别生病！没买点人丹、清凉油儿什么的啊？"

"买那个干吗？"

"人丹、清凉油好啊！得买点儿啊！有个头疼脑热了什么的抹抹就管用，井绳放在墙头上，再来打水的时候自己拿！"

水运山答应着，心里就热乎乎的，那点优越感烟消云散了。

水运山每天去碾砣挑一担水，那老太太习惯了，他若有一天不去挑，她就打发人来看他，捎着清凉油。水运山感动得就想掉眼泪。他父母早亡，从小跟着哥哥长大，他记忆中还没有谁这样牵挂他。老河子没结婚的时候，对他还不错，但也是粗线条儿的，一结婚就坏了。菩萨蛮对他唯一的一次关心是给他做过一双鞋，也是因为老河子穿着小才给了他。她还要把一个长着兔唇的姑娘介绍给他呢！他不干，她就跟别人说："别看他武大郎样的，眼眶还怪高呢，嫌人家不能吹口琴呢！"

有一天他去县城买树苗，顺便拜访了那位作家，没去挑水，那大娘竟不放心呢：打发人看他还带着清凉油！他就赋诗二首：

> 那位作家叫刘玉堂，
> 住了三间小平房。
> 间口好像还不少，
> 面积三十六平方。
> 他光写小说不写诗，
> 看过两首觉得有点小意思，
> 他说是一个人在山上千万别生病啊，
> 创作是吃饱穿暖之后的事。

> 碾砣有个好大娘，
> 待人一副热心肠，
> 只因一天没挑水，
> 打发人来送清凉。

水运山自此每天都要去挑水，哪怕再不需要，也还是要挑。这天他挑了两担水，好大娘见了就问他："家里来人了？"

他脸一红，"没、没！"

"那干吗挑两担水？"

"洗洗！"

"以前就没洗洗啊？还不好意思呢！来的是个女的吧？"

"您千万别跟人说啊！"

"不是来躲计划生育的啊?"

"您怎么知道?"

"咱这里就是躲那个方便哇!"

四

碾砣那大娘就像什么也不干,专门关注着他似的,什么也瞒不过她的眼睛。她猜得还真准,"躲计划生育的!"本来嘛,这不大的天地里,能分散她注意力的事情太少,而越是偏僻就越容易滋生想象力,加之半个多世纪的阅历,分析起身边的事情来还有个不准啊?

来水运山窝棚里躲计划生育的是菩萨蛮的妹妹赖福玲。她在生了两个女孩之后又怀孕了,但肚子还不怎么显,显了就不容易出得来了。

在此之前,老河子和菩萨蛮一起来关心过他一次,给他送来了煎饼,还有一封退稿信,那是县城的那位作家推荐了他的诗让人家给退回来的。老河子吹捧说:"这封信上印着编辑部呢,真是比乡政府的信封还高级啊!信是人家亲笔写的,那就比铅印的要亲切,你还认识刘玉堂?写小说的那个?还写电视剧什么的?他写的那个电视叫什么名字来着?那天正放着,好家伙,一下子停了电,是哪一天来着?正喝着面条儿呢,那面条儿……"

水运山让他一吹捧,脑瓜儿一热就不计前嫌了;加之这山上太寂寞,很少有人跟他说话,猛不丁见着亲近点儿的人也确实容易动情。他就拿出那包红丝线、绿丝线给了菩萨蛮。菩萨蛮想了半天没想起来,他还在旁边儿提醒呢:"你忘了?我在你庄上学,那天晚上看电影……"

菩萨蛮"噢、噢"着想起来了,脸红了一下:"你还留着啊?"就回忆起了她结婚前后的情景,"那时候,你最爱吃我摊的煎饼了,说是煎饼卷豆末儿,再用红辣椒一抹,真跟共产主义差不多啊!我妹妹比我摊的还好呢,又酥又薄,薄得都透亮,你俩还是同学不是?她就不如你会写诗……"然后又叙一番手足之情,阐述一番"亲不是钱买的"道理,就求他帮帮忙,让赖福玲来躲躲。

水运山面不辞人,嘟囔着:"出了事儿,我可不负责!"

菩萨蛮说:"那是!万一让人看见了,就说你俩是两口子!"

水运山就来了积极性。他不愧是写诗的,马上就有浪漫主义生出来。他对"两口子"这个词儿感兴趣,觉得挺刺激,很新鲜,很够味儿，便满口答应："行！"

她来了！这是个三十岁左右的小妇人，丰腴、白嫩、柔润，皮肤透着光泽，眼神有点儿忧郁。哪本书上写的来着，你得忧郁啊！你不忧郁怎么能有魅力？所以西施肚子疼就比不肚子疼还让同性妒忌！你没法想象这个连续生育的女人还会这样艳丽。这当然就与生活不错有关，也许是怀孕所致？她见他看她的肚子，脸上红了一下，嘴却很大方："看啥？没见过呀？"就弄得他有点不好意思。

他将那间书房腾出来让她住了。他还要在那小厕所的旁边用树枝再挤出一个，然后贴上"男""女"的纸条呢！她制止了："一家人还用得着两个呀？还能一块拉屎撒尿啊？"

这女人说话很粗。生过孩子的女人说话都很粗。他觉得漂亮女人说粗话挺好玩儿，也挺好处，跟她说话就不一定格外注意。

她做饭的水平还真是不错，水运山每次下工回来都有现成的饭菜等着他，就是用水费点儿，他就一天挑两担水了。

两人一桌吃饭，免不了要开点小玩笑，回忆一番中学时代。有一个学期，他俩还同过桌呢！赖福玲不让他触着她，在桌子上画了一条线，他胳膊肘偶尔过了线，她就抗他一膀，抗得他脸红脖子粗。他想起那个情景独自笑了。

"你笑什么？"

"现在还要画线吗？"

"画什么线？"她很快也想起来了，笑笑："当然要画！"说着拿筷子在饭桌上画了一道。

"这小日子过得，嗯？还真不错！"

"谁跟你'小日子'，你要小心，不许你动坏心眼儿！"

"也不看看自己，肚子都要通货膨胀了，有什么可不放心的？你男的倒是怪放心啊，好几天了，也不来看看！"

她的神色方黯然了一下，小声地："他整天跑外呢！"

水运山即有诗道：

> 来了个女亲戚，
> 忘了写诗。
> 以后须注意，
> 仅仅是亲戚。

妻子？
人家的。
两口子呢？
是假的！
伙食倒有所改善，
也不用刷碗洗衣。
有点不对劲儿的是：
怎么总像缺点东西？

五

"你感冒了？"吃早饭的时候他问她。

"没有啊！"

"昨晚我听见你咳嗽呢！"将书房隔出来的那堵墙是用秫秸挤成的，抹了一层泥，很薄，稍微有点儿动静各自都能听见，"要是有个头疼脑热的，抽屉里有清凉油！"

"没事儿！"

"那你干吗不高兴？脸阴着？"

"跟你无关！"

"这就要认真谈谈了！咱们谈谈心吧？"

"不是天天都谈吗？"

"要认真地谈！"

她笑笑："谈吧！"

"你幸福吗？"

"幸……幸福？当然幸福了！"

"怎么个幸福法儿？"

"吃的好哇！穿的也不错，还有钱花，彩电冰箱什么的啥都有，孩子他爹会开车，搞着个体运输，我们家去年就是万元户了呢！他也怪娇惯孩子，还教给她们唱'我们是害虫，我们是害虫'呢！"

"他可真是个害虫啊！"

"你这是什么意思？"

"你这次要是生个男孩儿，也会罚你们个倾家荡产对吧？"

"钱是他挣的，只要他愿意！"

"要是生个女孩呢？"

"那就再生！"

"我对你很失望！"

她有点着急："为啥？"

"看着像怪有水平，其实很寥寥！你已经不是你了，充其量只是一架造孩子的机器而已，能造机器人当然不错，可惜不是！所以幸福的人都是阴暗的坏家伙；都是害虫！这一点定了！"

"你是眼红呢！"

"不谈了！"说完挑水去了。碾砣那爱管闲事儿的老太太观察得还挺仔细，还看出他脸色不怎么对劲儿，就问他："怎么了？吵架了？人家正在难处，你让着点儿，嗯？"

"难什么？人家很幸福呢！"

"你不愿意她幸福？"

"貌似幸福的人都比较烧包！"

那老太太也嘟囔："是怪烧包不假！别人给她担着心，她自己倒幸福？躲到这儿幸福啊？幸福也不能说幸福啊！"

水运山和赖福玲有一天多没说话，要不是来了个果树技术员"顺便来看看"，他们还会僵持下去。那个果树技术员是刚分配来的大学生，有志于改变沂蒙山贫困面貌，并暗下决心要在专业方面有所建树，就经常下来走走。上次水运山去县城买树苗的时候认识他的，这天他到山那边的果园里去来着，顺便再来拍过电影的阴面看看。水运山从发扬革命好传统的角度，以拍过电影的名义，让他对此山有所照顾来着，他就有印象。他近视，戴着眼镜，他见赖福玲肚子开始通货膨胀，两手一抱："恭喜呀嫂子，这里空气好，负离子多，对怀孕有好处，啊，有好处！"

"父离子？可不就是父离子嘛。"赖福玲感慨地说。

水运山忙朝她断喝一声："臭娘们儿家，啰唆什么？还不烧水去！"

那技术员摆摆手："不用不用，随便看看，随便看看！"

水运山便领着他这里那里地看去了。他向他介绍拍电影的时候，那个不愿当大爷的老头儿就是站在这里说"我也是民兵啊"来着，而高营长则说："有你的，老同志！"

技术员对他绿化荒山的规划很赞赏："'山上菠萝叶，山腰栽红果'，这是对的！这山陡啊，土太薄啊，重要的是植被！如果过多地挖坑栽树就会适得其反，造成水土流失，要从宏观的角度考虑。你的规划好的，好的！"

技术员走了，水运山很高兴地回来，见着赖福玲说："怎么样？刚才这戏演得还行吧？"

赖福玲竟叹了口气："演得再好也是戏啊！"

六

能采菠萝叶的时候，端午节就要到了。水运山采了很多，他去县城搞了点商品流通，顺便送给那作家一些。那作家见他神采奕奕，问他："你气色不错呀，有什么好事儿吧？"

"好事儿？咱能有什么好事儿？"

"比方恋个爱了什么的，人在恋爱的时候，特别是将此作为心中的秘密的时候，一般都喜欢写诗，而且会写得很好！"

"您说得真好，可惜咱没有！"

他将这话学给赖福玲听，赖福玲说："那你就怀个秘密呗，是爱情的那种！"

水运山神色一下子黯然了："秘密是说怀就能怀上的吗？就像怀孩子，还能随便怀啊？开玩笑，要那么简单，谁都可以当诗人了！"

"你活得真复杂，其实用不着那么多心思就能活得很好，俺那口子——他娘的王负义！"

"你干吗骂那个幸福的人？"

"就像没老娘我这个人了哩！真放他娘的心！他还真是个害虫，是坏家伙哩！"

他又安慰她："他自己带着两个孩子在家也是不容易啊，还跑外！"

"他有钱啊！还雇了个小娼妇给他看孩子呢！"

"也许他怕暴露秘密？你躲到这里始终秘密着呢！谁都不知道！"

明天就是端午节了，他要她一起去碾砣那个大娘家送些菠萝叶过去，她说："那不是暴露了秘密？"

"她知道！将来你生孩子的时候还会用着她！"

"你的心还怪细哩，连接生婆都找下了！"她就跟他去了。

那大娘还装作不知道他俩的真实关系，问水运山："这是你屋里的呀？怪不方便的，还来送菠萝叶！"

问了两人个大红脸。然后就嘱咐赖福玲些注意事项和准备的东西，比方纸了、尿布了什么的，赖福玲说："早就准备下了！"

那大娘说："你还怪有经验哩！"待两人走的时候，那大娘从后边儿又追上一句："有这么个小男人是怪幸福啊！"

赖福玲的脸就又红了一下。

两人回来包粽子。她的手很巧，包得很好看，他怎么也不能像她包得那样好，她便手把手地教他。她的手也很好看，很丰腴，很柔嫩，她捏着他的指头教他的时候，感觉也不错，她还拧他呢："看这爪子笨的！"

两人包着粽子说着话，她问他："你从来就没有秘密？"

"什么秘密？"

"那个作家说的那种？"

"咱哪有本事有那个！咱个子矮，长了个娃娃脸，年轻的时候人家以为咱小，年纪大了又嫌咱大，庄上所有的狗日的们都把咱忽略了！菩萨蛮还管我叫武大郎呢！"

"菩萨蛮？菩萨蛮是谁？"

他不好意思地："嘿嘿，是你姐姐！"

"你怎么管她叫菩萨蛮？"

"不知怎么就叫了！"

"这不好！"

他就把菩萨蛮偷线的事告诉了她，不想她很不以为然："她那时候有了秘密啊！有了秘密手也巧了，脑子也聪明了！"

"这话真好，诗样的哩！"

"咱哪会写诗！"

"因为你有了秘密！"

"去你的！"

"你在这里做地下工作呢，这不具有秘密的性质？"

她就笑了："你根本不是武大郎！你比他高多了！"

"所以她是菩萨蛮啊！"

她又拧了他一下："那天你骂我什么？"

"哪天？"

"技术员来的那天！"

"我骂你了吗？"

"骂了，你骂我臭娘们儿！"

"那不是演戏嘛！"

"你就知道演戏！"她的眼圈儿竟然红了。

七

心里有个秘密，
这世界还算可以。
山地有了起色，
也不觉得孤独。
从前有点不对啊，
不该叫她"×××的小姨子"。
那次脱坯不管饭，
怕是报复也未必。
她的手也较美丽，
真想多包几回小粽子。
多亏把"×你妹"改为"×她的"，
否则真是对她不起。

水运山到赖福玲的庄上找了那个幸福的人一趟，他想让他去看看她来着，没成。那家伙还真是个害虫哩，穿得倒是人模狗样的，可搭配得不对头啊，穿着西服，外边套着中山装，还挽着袖子。穿西服而又挽袖子的家伙一定不是好东西，他肯定烧包！见了水运山倒是怪热情："哟，表弟来了?"说着便冲茶、炒菜。那个小娼妇（保姆）也不是个好东西！他炒菜的时候，她一直躺在沙发上看一本封面印着大美人儿的《大众电影》呢！喝酒的时候也上桌，一脸理直气壮的神情。水运山一看坏了，她有理直气壮的资本了，这点定了。凡是在家里拿大，趾着鼻子上脸的保姆都是有问题的。

"孩子呢?"

"在她奶奶家呢，都挺好!"

这就更有问题。

"没出车啊?"

"歇两天，等着年审呢!"

"你老婆去了这么长时间也不去看看，你倒怪放心啊!"

"在你那里有什么不放心的，啊?"害虫说着还嘿嘿呢！这就可以作另一番理解了，那就不单是"有你照顾有什么不放心的"了，而是

"你这个熊样儿的有什么不放心的"了。这狗东西还很自信！

"放心就好，可她想孩子呢！"

"她找死啊？让孩子一去咋天呼地的还不让人家知道了哇？"

"你不去看看？"

"还早呢！等她生的时候我去！你就多费心了！"说着拿出五百块钱给他："不够再来拿！"

水运山回来将钱交给赖福玲，原想跟她说点假话好让她放心来着，可一开口又禁不住说了真话，那狗东西也太气人，还"在你那里有什么不放心的"，带侮辱性质！他还将那个小保姆半躺在沙发上看《大众电影》的细节也说了呢！神情还理直气壮什么的。赖福玲的脸就红一阵白一阵，完了说是："她就那样儿！是他哥们儿的孩子，还管他叫叔叔呢！她叫'叔叔'的那个腔调儿才浪呢！他哥们儿多啊！不知什么时候就冒出个侄女来！"

晚上的时候下了一场雷阵雨。雨不大，但雷很响，她就跑到他屋里了，说是"一个人在那屋怪害怕！"

"山上的雷就这样，格外响！"

"也怪冷！"说着就爬到他的床上了。

他划了根火柴想点着灯，她从后边儿将他抱住了："算了！"

他就看见并感觉到了她半裸的丰腴的身子。

"他侮辱你呢！"她撩拨他。

"谁？"

"那个害虫！就像你不是个男人似的！"

"可不！"

"我不能让你就知道演戏，白当一回丈夫！"她的手熟练地摸摸索索，他怎么经得住这个有经验而又猴急的女人的诱惑？他嘟哝着"我爱你，你一来我就爱上你了"，就把嘴紧紧地压在她的双唇上了。她软软地瘫在他的怀里，听凭他炽热的嘴唇滑过自己冰冷的脸、颈，当他亲吻着她丰腴的肩膀的时候，她还诱导他呢："那个害虫急起来都撕了我好几个背心！"

"哧——"她的背心被撕开了，他便将唇按到她的胸脯上了。

"来——"

"那怎么行！"

"你别管！你不懂！"……

"有个小男人是怪幸福啊！"她抚摸着他的头发仍在陶醉着。

"怎么办?"

"什么怎么办?"

"以后!"

"该怎么办还怎么办,花他的钱,过咱的日子!"

"再往后呢!"

她唉了一声:"想那么远干吗?用不着这么复杂!"……

水运山便有诗道:

> 打雷好!
> 打雷把爱情来产生,
> 当然了,若是两人无感情,
> 光是打雷也不能成。
> 下雨好!
> 下雨到处雾蒙蒙,
> 这世界像只有我们俩,
> 老天啊,你下它个没完没了
> 行不行?

八

可真正按照他的意愿来,下个没完没了的时候,却就出了事儿。当然是连阴雨,雷不大,雨大。头一天下的时候两人挺高兴,他还把刚创作的诗背给她听。她看着山下,说是:"'下雨好,下雨到处雾蒙蒙'这两句好,真像!第三句也不错,满世界还真像只有我们俩哩!第四句就有点可怕。"

他说:"这是一种心情啊!夸张嘛!你忘了'燕山雪花大如席''白发三千丈'什么的?"

她感慨地说:"跟你在成块儿,能让人想起小时候的一些事!咱们认识其实很早啊!比跟那个害虫认识得还早!"

"那当然!"

"你要不来这儿住,咱们说不定永远捞不着待成块儿!你怎么想起来这儿住呢?"

"这面山坡拍过电影!"

"就为了这？"

"当然不！"他说是"我喜欢过自己说了算的日子！远离尘嚣，想怎么着就怎么着"！

"在庄里就不能自己说了算？"

"那就不一定！庄上阴暗的坏家伙较多，比方俺庄那个书记，我看着他那个得意样儿就恶心，他什么都要跟你吹，跟哪一级干部喝过酒了，那酒是什么名牌了。那回他坐拖拉机去县里开会，在路上翻了车轧断他两根手指头还吹呢：多亏咱手疾眼快啊，要不就跟司机样的肋骨断两根儿啊！可见咱命大啊，没干伤天害理的事啊！"

她就笑了。

"你听着好笑是吧？其实他很坏啊！他能造成一种气势呢！他就用这些来震慑你！他弟兄们还挺多，五个，庄里要开个什么会他讲话的时候，他那四个兄弟就在会场四周转，一会儿就把你转得心里发毛，开党的会那弟兄四个也在旁边儿转，那个阳面儿的大果园就让他们给转去了，谁也不敢吭声！"

"你就躲到这里了？"

"眼不见心不烦啊！"

他没说另一个原因：菩萨蛮"小人得志，净吃好东西……"

她问他："你跟菩……我姐姐家不太和睦是吧？"

"一般吧！"

"她就是太会过日子！还急！老跟俺家比，跟那个害虫比怎么比得过！"

"比起那些阴暗的坏家伙来，她还不能算是真坏啊！"

晚上的时候，她就又不让他"白当一回丈夫了"。

雨下到第二天下午，还没有停的意思，那个凹形山顶低洼处的水直泻下来，冲出了一道白花花的石碴子。他觉得有点不对劲儿，他们的小屋后脊就挨着山坡，山坡上的草皮出溜到屋脊上一块了呢！他惊呼一声："不好！快跑！"

他急忙收拾了一下东西，就扶着她冲进雨幕里了。

那个拍过电影的山坡，是第三天上午才整个地滑完的，如同一条挂着的被剥了皮的死狗，一剥到底，露出赤裸裸的石肋，要多难看有多难看。那座小屋当然也滑掉了。那面山坡大啊！滑下去的土石除被大水冲掉一部分外，剩下的还堆成了个巨大的土丘，坟墓一般。事后老河子和害虫两家痛哭流涕地断定他们的亲人被埋到了下面就是合情合理的了，而那土丘太大，救是没法救的。两家便各自大哭一场了事。哭得最伤心的要算菩萨蛮，过了好长时间还在嘟囔："命啊这是！"

九

一年之后的一天，仍在煤矿当计划内临时工的老河子，去县城找那位作家，一见面便恭恭敬敬地："您就是刘老师啊？"

"啊！"

"您写的好多小说我都看过，还有那个电视，叫什么来着？那天正放着，一下子停了电，好家伙，忘记是哪一天了，喝凉面的时候呢！那凉面——"

"有事儿啊？"

他就掏出一封厚厚的信，那作家一看竟是水运山从吉林省榆树县写来的，"他还活着？"

"活着！想不到的事儿！"

信中还有一本油印的诗集呢！那信中说，他跟赖福玲冒雨离开拍过电影的那面山坡之后，辗转到了东北。开始人家以为他俩是跑出来躲计划生育的，哪里都不敢收留，待赖福玲生了孩子，他们才在榆树县安顿下，现在生活很好，他们的孩子小北战也已经一岁了，很可爱，现呈上过去写的那些诗，看能否在家乡的刊物上发表。而他到目前为止，还没发表过一首诗呢！那回推荐的则让人家全部给退回来了。最后他又给作家出主意："不能直接发表，间接地发表也行啊！"

那作家就不明白什么叫"间接地发表"。

老河子要那作家帮他将水运山和赖福玲的户口起到东北去，那作家答应了，不想后来办得还很顺利，因为他们都是"死"了的人啊！而这时候害虫也已经结婚了，没什么遗留问题了。

之后老河子便将水运山和赖福玲的情况连同他个人的猜测，一起向那作家作了介绍，那作家一下兴奋起来：有了！写小说，再大量引用水运山的诗，这不就间接地发表了吗？

这样行吗？水运山？

第二章　县城意识

一

重视铅字。讲究三六九。时兴温锅。可以养鸡。给丈母娘过生日可以请假。小日子过起来。

不瞒您说，咱一个小小的连职干部，1981年底从部队转业的时候，顺顺当当地就连同老婆孩子一起转到了县城，当了广播局的编辑部主任，而且人还没去就有独门独院的三间小平房在等着，应该说够可以的了吧？你知道我们沂蒙山有五大特产不是？叫苹果山楂和黄烟、复员军人加蚕茧，这五样东西各自的产量都是全省第一名。山区的工业又不多，公家单位就那些，数量占全省第一的复员军人年年往这拥，安排起来有多难那还不明摆着？在这种形势下，咱一没有背景，二没有靠山，所有的直系和旁系亲属中连一个脱产或不脱产的干部也没有，也不能联系紧俏物资什么的，凭吗？说出来您可能不信，就凭着咱两本儿厚厚的剪报。那两本儿剪报当然都是本人发表过的新闻和文学作品。我料定这些铅字的东西在我们沂蒙山区的小县城里会格外吃香。果然，人事局长牛满山看了就很惊讶，说是："好家伙，这么多呀！全是你写的？报道组和广播站的那些东西，一个个地看着跟笔杆子样的，其实没多少道道儿啊，他们发表的材料全加起来也不如你的一半儿多，还有小说呢？怎么写的来！"

这么的，咱就当了广播局的编辑部主任，我老婆则随我到广播局当了会计，很痛快。

那么，当初我是怎么想起要积攒那些玩意儿的呢？说来话长，简而言之是高中时受了我语文老师的启发。他就有一本儿那玩意儿。里面总共贴了五六首署着他的名字的四行一首的那种诗，每首诗的下面都标着哪年哪月哪日发表于何种报刊，还标着得了多少稿费。那时候我觉得稿费比一般的人民币好听值钱有意义，就对他崇拜得要命。即使后来的"文革"中他因为那本儿剪报多了些罪状多挨了些拳脚，也丝毫没影响我萌发将来也要有一本儿那玩意儿的念头儿。因此上，我参了军搞了新闻报道工作之后，就特别注意向能变成铅字的报刊投稿，而从不向只能变成声音不能文字保存的电台投稿，嗯。

广播站在县城中心一座小山的阳面，五六排平房依次比邻，拾级而上，最后一排是办公室、机房、播音室，其余的就都是单身宿舍和隔成了小院儿的家属区。局长王砚耕五十来岁，个子不高，面皮很黑，一身农民打扮。我去报到的时候，他说："已经接到你要来的正式通知了，是我主动到人事局要求的，那个报道组有什么好，不是正式的新闻单位，干巴巴的什么福利也没有，还没房子，咱们广播站才是县一级唯一的新闻单位，嗯。文件上是这么说的，这可不是随便就能定的，不去报道组没意见吧？"完了，就让我"好好在家过个团圆年，局里要求是正月初六上班，你初九来吧，初九是个好日子，'三六九，往外走'嘛，嗯。到时候连家也一块儿搬过来，别弄得三三两两的，上了班之后再今天调老婆明天搬家的，半年安不下心。去看看房子吧？就是还没刷，春节之后一上班我就安排人给你刷，顺便把顶棚也扎上，你转业回来是有五百块钱安家费的，操他的，人争来了，安家费却给扣下了"。

我老婆当时在离县城四十来里地的一个军工厂工作，我在她那里过完了年，办完了有关她调动的一系列手续和关系，正愁着怎么把家也一块儿搬过去，不想初九这天一大早，广播局的车就来了，上边儿还有五六个小伙子，是专门来帮我搬家的。连同我老婆厂里的人，三下五除二，一会儿就装好了。待车开到广播局，所有的职工和家属就都在院子里等着，有人还在即将成为我家的小院儿门口放了一串鞭。王局长亲自指挥着人卸车搬家具，同样三下五除二地一会儿就安顿好了。完了他掏出烟卷儿给大伙儿散，说是："干得还怪快哩，抽支烟！"像给他家干活似的。我老婆瞪我一眼，见我没反应，就气势汹汹地走到我跟前悄声说："你的烟呢，这个也不懂？你们当兵的就是不懂个礼貌性儿！"我赶忙掏出烟来散，王局长说我爱人："这么厉害干吗呀！抽谁的不一样啊，自家人哪有这么多讲究！"

待我一切收拾停当，准备第二天上班的时候，王局长领着全局的职工来给我温锅。职工不多，十来个。我知道我家乡的农村是兴温锅的，却不想县城里也温。他们各自一瓶酒二斤肉地来到你门上，甚至不要你动手，只是用一下你的锅碗瓢盆油盐酱醋，一桌实实在在的酒席就出来了。王局长代表全局职工向我表示热烈之欢迎，他说："别说话了，都别说了，今天到的还怪全哩，噢，郝局长没来，他请了假给他丈母娘做生日去了，老马、小梅和小贤也没来，她们是女的，不喝酒，让我代表了，老李，不让你说话嘛你还说，小孩儿一样，年纪也不小了，这么的吧，所有的意思都在这里边儿了，老规矩，干完两杯再发言！"

喝起酒来的时候，王局长断断续续地说了三件事：一是县城这地方不要买冰箱，冰箱没用，来了客人现去买菜也来得及，肉还是新鲜的；电视得买，噢，你有了哇，赶明儿换个彩电，咱这里买彩电有个优越条件，坏了甭求人，咱自己就能修，哎，老李，把电视打开，听听新闻联播；鸡得喂，吃个鸡蛋啦，来了客人杀它一只啦，方便。二是广播站是个出人才出干部的地方，县委办公室主任、宣传部副部长、农工部部长就都是广播站出去的。但真正懂业务的不多，他们充其量只会写个总结材料什么的，什么通讯啦消息啦，严格地讲都还没真正入门儿。你来了就好了，你发表的好多东西我都看过，你大姐我也认识，她当农业社社长的时候我还去采访过她，你的小名我也知道，我只是不说，嗯。三是两个万岁的问题，无线广播万岁，有线广播也万岁。有人说有线广播没前途，不对，嗯！日本工业这么发达，还不照样发展有线广播？

这锅一温、酒一喝，我心里就热乎乎的。我在部队十五年，长期两地生活，早就渴望有个固定的家，从此不再东悠西荡。此时确实就有了宾至如归温暖如春的感觉，我有了一个真正的家了，我知道在县城这地方怎么买粮买煤买菜了，还可以养鸡什么的。我决心重打锣鼓另开戏，小日子从此就这么过起来。

电视上一个女人拿着话筒在扭来扭去地唱流行歌曲，闭着眼，还大喘气。王局长说："这种话筒不孬，五百块钱下不来！"

那个老李就说："简直是资产阶级呀。"

两个嘴角都朝下撇着永远骄傲自满似的老张说："可不咋的，简直是丢她爹娘的老脸啊，不知是谁家的闺女，潮（方言：傻瓜）一样！"

王局长说："你这两个同志，跟不上形势呢！"

老李说："我要有这么个闺女，我不毁她个婊子儿的！"

王局长就说："杠子头呢，年纪也不小了。"

二

衣服的扣子都系着。自行车大梁缠着。小精明。重视级别和录音。天气预报不准骂广播站。

有一年我到北京的某家刊物改稿子，一位从未跟我见过面的编辑到车站接我。我出得站来，正寻摸着有没有写着我名字的牌子什么的，那位编辑就站到了我的面前："您是老刘同志吧？"

我说："是老刘不假，你怎么知道？"

那编辑笑笑："一看就知道你是小县城来的！"

"你怎么一看就知道的呢？"

"很难说。"

"土头土脑是吧？"

"不是！"

"是表情？"

"也不是！"

"是衣着？"

"具体的特点说不准，总之是一眼就能认出来。"

这就让我很悲哀。我自信这些年走南闯北地转的地方多了，除了没出过国之外哪里都去了，见的世面大了，可人家还是一眼就能认出是小县城来的。看样子你就是去过联合国也白搭，不好研究的。

待跟那位编辑熟了的时候，我又跟他探讨"一眼就能认出来的"问题。他说："是一种气质，一种风度，一种意识。"

"意识？"

"嗯，你比方我说了那么句话你就很敏感，然后就放到心上不忘了，没完没了地寻思，还穷追不舍地问个究竟，生怕受了侮辱吃了亏，这就是县城意识，也可以说是一种思维方式。但不是贬义词。"

我说是："你们北京人是很会玩儿意识玩儿深沉什么的呀！"

他说："看看，又来了不是？在小道理上也喜欢占个上风，小心眼儿、小精明、小家子气这也是县城意识！"

"我小家子气？你小子请我吃饭，把散装啤酒装到酒瓶子里当原装啤酒，不是小家子气？以为我不知道！"

他说："跟你说话怎么这么费力啊，我说的是思维方式，不是指行为，嗯！"

"你拉倒吧，思维方式怎么能一眼就看得出来？"

他就说："实话告诉你吧，你出火车站的时候，我不是一眼就认出来的，那是瞎蒙；你也不像小县城来的，而像个标准的军人，行了吧？我随便说了那么句话，你还没完儿了呢！"

现在想来就有些道理。

让人一眼就能认得出来的所谓县城意识中，衣着打扮恐怕是最明显的标志了。我转业回到我们那个小县城的时候，就穿着摘了领章帽徽的一身蓝军装，扣子是一系到顶，连领口上的小钩也钩着。有那么一二十年，我始终认为军装是全中国最好的服装，特别是那个军大衣，又肥又壮，老少皆宜，农村人看着不洋气，城里人看着不土气，给人一种稳重老成不搞歪门邪道的感觉。而别的服装都不行，花里胡哨还不正统，有的一穿上就跟小流氓似的。而穿军装就须将扣子全系上。任何制式的军装扣子都没有闲着的，你都须全系上。关于这一点我有教训。那年提了干刚穿上四个兜儿的军装，一个跟我同时提干并对我有点小意思的女战友钩了一个衬领儿给我，我把它往领子边儿那么一缝，让它那么一点缀，哎，还挺好看。而且还多一些意味出来，让人觉得咱不是没人问津的光棍儿一个。有那么几天，我就没把领钩给钩上，那个锯齿形的白色针织品的边沿就那么露着。不想一次党员生活会上，一个说话跟女人似的男党员就给我提意见，说我骄傲自满经不住提干的考验，公子哥儿似的，思想长毛，"你那个线钩的东西就那么美？我看一点都不美，作为一个党员、政工干部……嗯！"打那之后，我穿任何衣服就都将扣子全系上，摘掉了领章帽徽也还系。

那么，我这身装束就是一眼就能认得出来的县城意识吗？当然喽，我们小县城的人也是很喜欢把所有的扣子都系上的喽，哪怕是穿西服，也还是都系着。你仔细注意一下，就发现我们不仅喜欢系扣子，还喜欢把自行车的大梁用些乱七八糟的东西缠它个严严实实；发型也有点小问题，不管你理得多么一丝不苟，总让人觉得哪个地方不怎么合适，要么直上直下的悬崖似的，要么理得跟白菜帮子似的。如此一个县城意识，人家还能不一眼就认得出来？当然喽，这是我离开小县城之后才逐渐认识到的喽。

我们的小县城里当然就有我的不少同学和战友，继广播局给我温锅之后，他们也一拨拨儿地来温了达十五场之多。这时候我就知道，我的这些同学和战友们已经占据了小县城的各行各业各部门，他们让你"需要办什么事，打个招呼啊！"嘲笑某个同学到他那里办事没找他，"结果怎么样？转了一圈儿不还得我来办？眼里没人。"互相叮嘱："刘哥要办的事，谁要不尽心尽力，可是王八蛋啊！"那么反过来呢？那还不亦然？他们来其实是吸收你加入事实上已经存在的某个网络并作为其中的某个链条的，从而进入一种县城人生活的大循环。这种循环圈肯定还有很多，但你若在小县城里立住脚，你就必须加入其中的一个。否则，你连买肉也买不到瘦的，若是生病那就更麻烦。你看到了小县城人生活的背后，知道了小县城人生活的方式，你觉得心里有了底，像个真正的小县城人了。若干年后，北京那个喜欢玩儿意识玩儿深沉什么的编辑来我家拿稿子，他在小县城里转了两天，临走说是："你在这里生活得比我原来预想的要好得多，简直是如鱼得水游刃有余啊！没有你不认识的人，没有你办不成的事！"

我说："小县城嘛，县城意识嘛！"

他说："看看，又来了不是？我说过县城意识不是个贬义词嘛你还耿耿于怀念念不忘！"

温锅的事情告一段落，我就正式上班了。

广播局的编制有点小复杂，局里有站，站里有股，股里还有组。股这一级是一部两股，叫编辑部和机务股、行政股。编辑部连我六个人，三个编辑加一男一女两个播音员，分编辑组和播音组。我一上班，编辑小孔就管我叫主任，我不让他叫，他非叫不可，说我是正股级，"别的股都叫股长，咱们为什么不叫？"我不知股级是哪一级，他说是："相当于百货公司的经理一级，嗯。"而后就向我汇报工作，每天干什么，怎么个程序。他特别强调县里的会一定要搞录音，回来就放它一家伙，千万别耽误了，这可不是闹着玩儿的。我问他稿源怎么样，他说主要是播四大班子及各部委办局的工作简报，有时候就念报纸。"没人给我们写稿子？也没有通讯员什么的？"

"谁屑专门给咱写呀，各部委办局那些写简报的文书秘书什么的就算咱的通讯员了，他们把简报给咱一份就算是投稿了。"

"你们也不下去采访什么的？"

"采呀！搞录音报道，嗯！"

针对这种情况，我即向王局长建议办个通讯员学习班，学点业务。王局长挺痛快，说是：办吧，讲讲课，完了再实实习，有不错的就聘为专职通讯员，一个公社配一个，把通讯员队伍建立起来。你要忙不过来，去省电台请个编辑来讲讲课也行。

我去省台请来了个编辑部副主任大老胡，回来之后，学习班就办起来了。不想参加学习班的人还挺踊跃，原定一个公社来一个的，呼啦来了八十多，很多都是不要生活补贴自己背着煎饼卷来旁听的。

那个大老胡有点小名气，估计写东西不错，但不能讲。他当时大概正在写什么论文，净啰啰儿什么"狗咬人不是新闻，人咬狗才是新闻"不对，陆定一下的那个"新近发生的事实的报道"对，但又不够全面，我给它下了个定义叫"新近发生或发现的事实的传播"这样是不是比较全面啊？光这个定义，他啰啰儿了整整一上午。有几个通讯员在台下嘀咕："这个人讲课白搭呀，嚼木渣子似的，净胡啰啰儿！"王局长听了就说是："人家是编辑部副主任呢，那就是副县级，跟副县长一样大，你看他多和蔼呀，一点架子也没有，平时你能捞着听副县长讲课吗？"

吃饭的时候，王局长就请了县委书记和宣传部长来作陪。王局长嘱咐我："老刘你记着，县里有个不成文的规矩，上边儿来的是哪一级，至少要请哪一级的领导来作陪，如果是新闻界的人，作陪的就一定要高他一级。"

我说："要是来个比正县级大的呢？"

"那就请四大班子的一把手全到场！"

我跟王局长说："请人讲课，按规定是要付讲课费的，这事儿您知道吧？"

他说："知道，这个还能不知道？他这一级一天是五十对吧？人家大老远的来了，不容易，讲得也挺卖力，咱们讲课费要给，东西也要送！"

我说："他讲课的时候，对不正之风抨击得挺厉害，咱们送东西给他，他能收吗？"

王局长说："这你就不懂了，关键是看你怎么送了，严格地讲，咱沂蒙山人是连礼也不会送啊，一个个的潮一样。你哼哧哼哧地扛一筐苹果去，他那个家属院儿里那么多人，都大眼儿对小眼儿地瞪着，他当然不收了；你要送一斤蝎子给他呢？又值钱又不显眼儿，他能不收？"

送大老胡走的时候，王局长除了按规定给了他讲课费之外，就又往车里放了一斤蝎子和十斤香油，那个大老胡果然就装作没看见似的坐上车走了。

听了大老胡的课之后，我知道这些通讯员喜欢听什么了。我刚到一个新地方，当然要来点小吹嘘，讲怎样采访的时候，我说是你若采访地位比你高的人，你要让对方觉得你的地位比他还高；你若采访地位比你低的人，你要让对方觉得你比他还低，"有一回，我去采访基地司令员……"

底下就一阵小骚动："好家伙，司令员他都敢采访！"

"司令员，嗯，省委书记一级！"

"司令员……"

我说广播站既然是正儿八经的新闻单位，就不要老播什么简报，要按新闻的特点来写，"嗯，还要改革会议报道，县直各单位天天都有会，你不能什么会都发消息，也不要会会都录音，中央台报道会议消息也没回回都放录音，你那个声音就那么好听？反正没有播音员播得好听！"

那些通讯员不知是真听懂了还是假听懂，也不知是真赞成还是假赞成，就都啧啧连声："这个老刘真敢讲！"

学习班结束的时候，又给每个人发了通讯员证和几本稿纸，通讯员们都挺高兴，回去时间不长，来稿骤增，稿源的问题初步解决了。

为了加强联系，沟通信息，我还办了一份类似内参性质的《广播电视工作通讯》，刊登下一步的报道打算，统计各公社及县直各单位来稿用稿情况，摘登来稿中不宜广播但又须引起各级领导注意的问题，分送县社两级领导干部参阅。

广播局的大部分职工连同正副局长原来都是单职工，家里都分了责任田。那个老李对脱产干部还要回家种地这件事很不满，说是："操它的，顾得过来吗！"

那个老张就说他："杠子头呢，潮一样。"

春耕大忙时节，单职工们就都回家种地去了。

王局长临走的时候，还表扬了我一番，说我来广播局时间不长，宣传工作很有起色，节目办得很活泼，那个小内参也比别的单位的简报高半截儿，县委领导很满意什么的。而后就让我临时负责一下全局的工作，有事儿多跟宣传部请示汇报。完了又交代了两件具体事儿：一是跟气象站联系一下，农忙季节每天多报一次天气预报，除了早晚各报一次之外，中午再加一次；二是跟农业局联系，请他们结合农时搞一点播种施肥和田间管理的知识讲座。因为以前也这么做过，我跟他们联系之后，很快就落实了。

这期间县里开了一次公判大会，枪毙了一个强奸杀人犯。公安局头天来电话，要我们到时去录音。编辑小孔问我："这个会议新闻要不要改革它一小下？"

我因为刚说过要改革会议报道的话，就没加考虑地说是："革，到时只发文字消息，不放录音，枪毙个人录什么音！"

小孔参加完公判会回来，写了条消息，当晚就播出了。不想第二天一上班，县委办公室就来电话找王局长。小孔把电话给我，我说："王局长回家了，有什么事儿跟我说吧！"

那头儿气呼呼地问道："你是谁？"

我报上名字，还把编辑部主任的头衔报了一下，那头儿说是："官儿不小啊！"

我说："官儿不大，你要找大官儿说话就等局长回来。"

那头儿说："昨天晚上你们为什么不放录音？"

我说："放什么录音？"

"公判大会呀！"

我向他解释吴冷西部长在全国第十一次广播电视工作会议上有指示，要我们改革会议报道，少播会议消息，多反映基层群众的活动……不等我说完，那头儿就说是："什么吴冷西，还吴冷东哩，擅自决定不放录音是个严肃的政治问题，你们要写检查！"

我也火了："是你当编辑还是我当编辑？什么文件规定我们只能放录音而不能做别的报道？你这个电话是不是擅自打的？"说完，"啪"，把电话摔了。

小孔在旁边见我气得脸通红，就说是："嫌咱没放录音是吧？我估计就是这事儿！这个打电话的就是从咱编辑部调出去的那个唐巴狗，当了个县委办公室副主任可牛皮烘烘了，胀得他不知姓什么了，这种人你根本不要理他，越理他他穷毛病越多，你没见他那个熊样儿，长得流里流气的，在广播站的时候还想播音员的好事儿呢！让小梅扇了他两个耳光，声音很响亮！"

但他要我们写检查这事我心里没底，我摸起电话就找宣传部长告了那个姓唐的一小状。宣传部长说："要你们写检查？我怎么不知道？如果县委领导真要你们写检查，应该通过我呀！我看这段时间你们的节目办得还不孬来，特别是那个农业知识讲座，农民朋友很欢迎，那个小内参性的东西也不错，嗯，老唐要你们写检查可能是酒后之言吧？"

打完了电话，我仍觉得不解气，就整理了一份儿那个姓唐的与我通话的记录，连同吴冷西同志有关改革会议报道的讲话一块儿在那个小内参上登了那么一下。小孔就很兴奋，一印出来，饭也顾不上吃，骑上自行车就挨家往四大班子及各部委办局的领导那里送去了，撒传单似的。那个小内参性的东西，虽然署着"内部文件仅供参阅"的字样，但小县城里是没有什么秘密能保得住的，马上就传开了。这天傍晚，我领着孩子去河边散步，就听两个干部模样的人在议论："管吴冷西叫吴冷东是不对不假！"

"吴冷西是谁？"

"广播电视部部长呗！"

"耍酒疯呢！"

"这回碰上硬碴儿了，够他喝一壶的！"

"这个么儿得两方面看，他狐假虎威耍酒疯不对，你往简报上登就对了？小字报样的？虽说没正式点名吧，说'唐××'还不跟点名一样啊！人家是副主任呢！说句错话就往简报上登，往后谁还敢跟他们打交道？"

"让人家写检查是说错了话呀？有这么打交道的吗？你跟别人打交道也让人家写检查呀！"

"你这个同志，说着说着还急了。"

"本来嘛！"

下了一阵儿小雨，雨点儿落在土路上"噗噗"的，打在脸上还挺温暖。

那个说着说着急了的人说："这雨不孬，嗯，对播种很有利！"

那个说"这个么儿得两方面看"的人说："广播站这些熊孩子！天气预报怎么报的，一点儿也不准！"

三

也有乱七八糟的事儿。关系也微妙。喜欢引用名人的话。"群众反映"特别快特别多。

编辑部内部互相之间还有点小微妙。那个小孔对把姓唐的与我通话的记录登在小内参上表现出极大的热忱，三番五次地吹捧我："这回算是把唐巴狗打了个落花流水，还怪恁来！刘主任简直是所向披靡呀！批评性的新闻这么一搞，咱们广播站的威信一下提高不少，过去谁拿咱当盘菜儿呀！现在就没人敢等闲视之。所以还是老人们说得对呀，'宁给英雄牵马，不给狗熊当老爷'呀！"我就估计里面有情况，一熟悉，还真就有点小情况。

编辑小孔和播音员小梅是县吕剧团解散的时候一块儿分过来的。

小梅额头很高，嘴唇很厚，骂人很狠，爱占小便宜，外号"播音晚了"。每次节目结束说"播音完了"的时候，她就说"播音晚了"。沂蒙山味儿的半吊子普通话就这么个说法，改也改不过来。小孔和小梅在吕剧团的时候谈过一段。吕剧团一解散，小气候那么一变，两人的热乎劲儿过去了。加之小孔有洁癖，推门用脚，接电话手里垫着白纸，每天洗手五十来次。如同小梅的"播音晚了"不能改一样，他这种洁癖也改不过来。沂蒙山还有种说法，叫"吃饭没有屙屎的，死了没有烧纸的，干净过了头儿，没人供坟头儿"。小梅就嫌他一身绝户毛病，不啰啰儿他了。小孔一气之下找了个农村姑娘，小梅也嫁给了一个在县城驻军的小排长。还真让小梅说准了，小孔结婚三年没有孩子，小梅则生了个胖丫头。小梅饱汉子尚知饿汉子饥痛定思痛之后觉得先前说他"绝户毛病"有丧门星之嫌，遂有愧疚之意，而小孔也摆出男子汉的胸怀不计前嫌。他二位各自怀着"一日恋人五十日恩"的独特感情于和平共事中竟互相关照生些真正的友谊出来。

小孔与那个农村姑娘原本就是一气之下结的婚，没什么感情基础，再加上老婆不生孩子（他认为），两人的感情就一般化。他平时很少回家，农忙季节也主动在站上值班，小梅就经常督促他回去看看，"有你这么当丈夫的吗？年纪也不小了"。还给他打听治妇女不孕的偏方什么的。小孔的洁癖挺不好研究，他一天洗五十来次手，却吃长了毛儿的煎饼。他与老婆感情一般化，但很会过日子。他老婆经常给他捎煎饼，一捎一大包。不等吃完，那些煎饼往往长了毛，他就一片片地摆出来晒。而后将煎饼上的绿毛那么一拍，往开水里那么一泡，呼啦呼啦就吃了。这时候你无论如何也不能把他跟一天洗五十来次手联系起来。小梅有时候做点好吃的还请他去，但只要她丈夫不在家他就不去，小梅就端到办公室去给他吃。

在这种形势下，那个唐巴狗趁小梅播音之机以为她不敢咋呼就想她的好事儿，小孔怎么能容忍？那还不耿耿于怀？

唐巴狗原来在我这个位置，当时还不叫编辑部主任，而叫编播组长。那时设备落后，每天三次播音都是直播，这就要求播音员对稿子要熟之又熟，不能打嗝，也不能咳嗽和放屁什么的，很麻烦。特别是早晨那次，还须起早，预先把声音弄正常，不能跟睡不醒说梦话似的。那天早晨唐巴狗跟小梅值班。小梅起得有点晚，愣愣怔怔不事修整，上衣的扣子也没扣好就急燎燎地去了播音室。唐巴狗在机房将机器打开，隔着播音室的大玻璃于肉黄的灯光下看见小梅睡眼惺忪乳房饱满，如梦中一般，遂欲火攻心，情不自禁，悄悄地进了播音室。不大会儿，有起早的人就听见喇叭匣子里先是一阵气喘，而后一声尖叫，随后又是两声脆响。王局长和小孔听见声音不对头，同时窜了上去，正遇见唐巴狗捂着脸往下跑。小孔赶忙跑进机房，将放大机关掉，开始转播中央台的早新闻。小梅哼哼嘤嘤地诉委屈，小孔就很有学问地安慰她："王局长又不是没看见，还能不给你做主啊？这可是军婚，嗯！"

王局长就说："那当然，还能不做主！我一定要处理，嗯，不但要处理，而且要严肃。宣传部门可不是文艺单位，在吕剧团可能不是事儿，在这里就是事儿！小梅你快洗洗脸，让老冷看见不好！"

老冷是小梅的丈夫，因是排级干部，部队没分给他宿舍，住在小梅这里，头天晚上他可能太劳累了些，此时正在家里睡回笼觉。

小梅到底当过演员，让王局长一提醒儿，就若无其事。洗了洗脸，还擦了擦桌子，说声："不要紧，唐巴狗没占着便宜！"就回了家。

事后有人问王局长："那天早晨是怎么回事儿呀？"

王局长说："设备老化，出了点小故障！"

"出了点小故障还大喘气呀？"

"着急呀！正播着音出了故障那还了得？还能不着急？"

"着急还打耳光呀？"

"胡啰啰儿！那是墨水瓶掉到地上了！"

"一下掉了两个呀！真会掉！"

"你听得还怪仔细哩！"

过了几天没动静，小孔问王局长："怎么还不严肃处理呀？"

王局长说："你比小梅还着急！我若处分了他，让小梅怎么在这里待？老冷又住在这里，再说老唐不是没占着便宜吗？给个什么处分？给个处分闹得乱哄哄的，你脸上好看呀？咱们是新闻单位是县委的喉舌你知不知道？我个别狠狠地批评了他一顿不就是严肃处理吗？你还让我怎么严肃？不动个脑子，年纪也不小了！"

后来唐巴狗就调走了。他先是在人大常委会当了一段秘书，而后就到县委办公室当了副主任。

男播音员小宋是个临时工。他先前当过几年兵，会放电影会照相还会开摩托。他退役回来之后，一次参加公社农田基本建设大会战，听见工地广播站上光放歌曲下通知不办节目，就跑了去说是："办个表扬性的节目不错，鼓动鼓动！"公社领导让他试了试，结果一试就留下了。他一个人在那里既写稿子又播音，搞得非常红火。县上去检查的人听了都说好，"比县广播站的播音员强八倍，嗯"。宣传部长回到县里就给王局长打电话说是："还发现了个人才哩，叫宋传喜还是宋瑞喜来着没记住，反正是播得跟中央台差不离儿啊！"王局长就专程去了一趟，一听，果然就不同凡响，吐字准确清晰，声音浑厚有力，很有夏青的味道。待农田会战结束，就把他给调来了。但农转非的问题解决不了，他就一直临时工着。王局长发了几次感慨，说是："谁也想当伯乐，谁也不解决实际问题，一到具体事儿上就成缩头乌龟了。"

小宋是小梅的老师，小梅当初学播音就是跟他学的。我始终不明白这么个有水平的人怎么就教出个"播音晚了"，而他自己就从来不"播音晚了"。

小梅先前管他叫老师，学成之后叫传喜，结了婚就叫他小宋了。小梅家平时买粮买菜买煤就都是小宋的事儿，好像她是小宋的老师。有时小梅家改善生活，那个小排长将鸡杀死之后，她还叫小宋去给她煺鸡毛呢！还有剥兔子皮翻猪大肠儿什么的。

小宋平时不怎么说话，表情很深沉，一边的嘴角经常往耳根儿那地方撇，透出"冷眼向洋看世界"的那么点意思。他也吃去了毛儿的煎饼，煎饼长毛儿之后也晒，具体的吃法与编辑小孔的吃法相同。

但小梅做了好吃的不给他送，只给编辑小孔送，她丈夫在家也不请他去吃，形成一个"小宋干活小孔享受"的小反差。那个老李就说是："这个么儿不公平呀！正式职工是人，临时工就不是人？毛主席要是活着还不让她气得够呛呀？"

那个老张就说他："看着多才多艺怪有水平，其实白搭呀，潮一样。"

小宋就故作憨厚状，嘿嘿一笑，断章取义地朗诵上两句毛主席诗词："不见前年秋月朗，订了三家条约？还有吃的，土豆烧熟了，再加牛肉。不须放屁，试看天地翻覆。"他那么夏青味儿的一朗诵，就让人觉得意味深长，好像前年秋月朗的时候他跟小梅间发生过什么故事，虽然她没让他去吃饭，但比去她家吃了还要占便宜，并没吃亏，嗯。

小宋不光给小梅家买粮食买菜买煤煺鸡毛什么的了，谁家的忙他也帮。比方支炉子打蜂窝了，刷墙皮糊顶棚了，他只要见了就主动去干。你家里有什么需要帮忙的事儿如果他当时不知道没去帮，事后他就要埋怨你："怎么不打声招呼呢？"他的人缘儿就不错，年年评先进都有他，全省广播系统的业务比赛也常是榜上有名，而小梅却年年没有份儿。

那个老李和老张有时候就分析："莫不是就为着这个，小梅故意这么怄他拿捏他？毛主席要是……"

"嗐，光看表面现象呢，潮一样！关键还是那个'前年秋月朗'里有文章啊！"

小孔跟小宋的关系也有点小微妙。表面上看是因为这件事：小孔曾写过一个农村姑娘进县城设煎饼点文明经商勤劳致富的稿子，开头儿是这样写的："'卖煎饼喽！''卖煎饼喽！'每当东方出现鱼肚白的时候，县城的一角就会响起清脆的叫卖声，她就是……"小宋认为这样的开头儿报纸上登可以，但广播出来就不好听，"你夏青味儿的上来就'卖煎饼喽'，让人家一听怎么啦？广播站改成煎饼铺了吗？甭说夏青味儿的了，方明播出来也不好听，他那个嗓子庄重严肃浑厚豪放，有铺天盖地排山倒海之势，在广播上这么铺天盖地的吆喝，像话吗？广播稿得有广播稿的特点，嗯，还把'社会主义精神文明办公室'播成'社精办'好听吗？那个'鱼肚白'也不适合农村听众，老百姓知道鱼肚白是什么东西呀？"

他这个意见对，但由小宋说出来小孔就有点受不了，特别是在会上说，王局长和小梅又都在场。小孔脸上红了一阵儿说是："咱是不行啊，还是你有水平啊，你不仅能播音，还能当编辑，局长也能当！"

小梅就不失时机地说是："可惜啊，可惜……"

小宋嘿嘿一笑打了自己一个嘴巴："看看，又缺把门儿的了不是？不说不说嘛还说还说！"

那么更真实的原因呢？因为小梅跟小宋微妙小孔也就跟小宋微妙了，还是真如人们分析的那样，小梅不啰啰儿小孔了是他捣的鬼？都有可能的。

我一上班，小孔就提醒我："你可千万要注意这个小宋啊，这家伙最阴了，你十个老刘加起来也玩儿不过他，他能把全广播局的人都耍了！"

小宋虽然也吃长了毛儿的煎饼，但他经常回家，眼下春耕大忙时节，他就又回去了。

编辑部另一位编辑是个老同志，叫辛有余，外号"心有余悸"。他是五十年代我县小有名气的三大笔杆子之一，曾在《农业知识》小杂志上发表过《胜利百号大地瓜的栽培技术》和《六六六粉并不是试验了六百六十六次》之类的小文章，据说光稿费就买了一辆国防牌自行车。他还认识从沂蒙山出去的娃娃诗人苗得雨，《李二嫂改嫁》的作者王安友。他最早在农业局当技术员，五七年被打成右派，"文革"中又成了黑帮，下放农村十几年，落实政策之后就被安排到了广播局。我小时候曾听说过他，但没见过面，待见了面之后就很失望。这是整个身心都萎缩了的老人，从他身上你可以看到昔日坎坷的印记。他耳聋背驼，还积极要求上进，每天都是第一个上班，忙不迭地扫地擦桌子夹报纸，对任何带长字的都毕恭毕敬，据说见了团小组长也鞠躬。我第一次见着他的时候，他确实就给我鞠了一躬。他若偶尔迟到一会儿，那就要解释小半天，还掏出一张别人证明他干什么的条子给你。我就挺纳闷：他是怎么能开口要别人写这类条子的。待稍微熟悉之后，他问我："认识苗得雨吗？认识王安友吗？那年苗得雨来咱县，我陪着他转了三天嗯，跟老百姓一样，蹲在炕头上吃煎饼就咸菜，一点架子也没有！"你跟他拉半天呱儿话题转了好几个之后，他往往还按第一个话题说："嗯，蹲在炕头上吃煎饼就咸菜不假，是在青杨行民兵英雄左太传家吃的呢！天怪冷！"

我到广播站之前，一直是辛有余临时负着责。小孔说："宁给英雄牵马，不给狗熊当老爷"估计就是说的他，意思是在他手下工作格外受气窝囊憋屈得慌。我把那个姓唐的与我打电话的记录登在小内参上，他看了之后就说是："到底是部队上回来的同志啊！"

那些家里有责任田的单职工们陆续都回来了。他们统统都黑了些瘦了些。那个老李说是："嗐，简直累毁了堆儿呀！原先的水利设施也破坏了，浇地也走后门儿！毛主席要活着能气得够呛！"

那个老张就说："有本事把老婆农转非呀？转了非你养得起吗？还嫌累呢，潮一样！"

王局长回来的当天找我谈了两件事儿。一是据个别公社党委书记反映，咱们有些通讯员在下边采访牛皮烘烘，要吃要喝，这可能就与你说的"你若采访地位比你高的人，要让对方觉得你的地位比他还高"有关。你那些话跟新闻记者谈可以，跟下边的业余通讯员说就不一定合适，你不知道他们是什么层次啊。二是在小内参上登那个电话记录的问题，也有点轻率。部长已经跟你解释了，就没必要再登，这样一登比通报批评还厉害，就会带来些副作用。

我问他："你刚从家里回来怎么一下听到这么多反映啊？"

他笑笑说是："别忘了，你是作家啊，是小县城的名人啊，你说任何话干任何事情都会传得特别快，外边儿还传说你每天早晨啃两个猪蹄儿哩！"

"简直是扯淡呀，我到哪里天天啃俩猪蹄儿去？"

"也许你没啃，只是说过，比方说'天天啃它俩猪蹄儿不错'，人家听见了，就会给你传，人家传也没什么恶意，只是随便那么说说，玩玩儿，娱乐一下。"

他这么一说，我就觉得确实好像在哪里这么说过。

我就有点小压力，寻思自己上班不久就有这么多群众反映，以后还怎么进步啊？王局长就安慰我："这地方群众反映特别快特别多不假，以后注意就是了。"

四

你有我也要有。有技术没理论。你以为有情况。实际没情况。请客等于要人送礼。

相形之下，机务股的人互相之间就不怎么微妙。机务股三个人，两男一女，郝副局长、老李和小贤。郝副局长是以工代干的副局长，兼着机务股的股长。他从来不把自己看成是局级干部，而只看成是股长。他的办公桌也不在局长办公室，而是在机房。局里不管开什么会，只要让他讲话，他说着说着就站在了机务股的角度，我们机务股怎样怎样，你们编辑部如何如何。他还经常跟别的股攀比为机务股争福利呢，他说是："编辑干的就是写稿子的工作，为本站写稿还拿稿费，那我们干机务的也要拿个平均数。"

小孔说："你当局长的还闹本位呀？"

他嘿嘿一笑："我忘了，我忘了我是副局长了。其实咱也就是个股长的水平，再说编辑拿稿费确实不合理是不是？我这个人有啥说啥，不像你们搞文字的喜欢拐弯抹角！"

小孔说："稿费才有多少？一篇广播稿一块钱，十篇稿子才十块。你们呢？发工作服发手套发雨衣，连手电筒也发，我们有吗？"

他说："要不，就都发，你们也发工作服，我们也发稿费！"

他这个意见很好统一，马上就按他说的办了。

会计问他："这笔钱从哪里出呢？"

"从广告收入里出怎么样？"

"怎么下账呢？"

"预算外支出。"

"谁签字呢?"

"当然是王局长了,一把手管财务嘛!"

王局长笑笑:"大伙儿捞好处,我一人犯错误。"

大伙儿就哈哈一阵笑。

郝局长当过几年通信兵,技术上很有一套。他将原先直播的那种广播设备改成了自动控制,减少了不少工作量。每天播音员录好音,接上两次天气预报,没事儿了。机务员把录音带一挂,也没事儿了。一切都由自鸣钟控制。一到播音时间,机器自动地就开了;指针指到某个地方,机器又自动地关了。转播中央台、省台的调频机也按同样的原理实现了自动控制,使我站成为整个沂蒙山区广播系统第一个实现自动化的单位。他干的这件事在当时应该算是个不小的革新成果,说是自学成才的典型也可以。但他说不出多少道道儿,人家问他是怎么搞的,他指着那些设备说:"这个地方是这样,啊,这样之后再这样,到了这里就成了这样了。"他画的图纸也只有他自己能看懂,当然也不会写材料。上级有关部门看了之后,非但没给予应有的重视和奖励,还让他注意克服保守思想。随后就有话传出来说他:"老中医似的,把现代科学技术当成他自己的,企图传男不传女地家传下去。"

王局长就说他:"你平时经常忘了自己是副局长,上级来检查工作的时候,你怎么就摆起副局长的架子了呢?你不知道你这个副局长有多大是不是?检查组的任何一个人都比你官儿大,你还拍着组长的肩膀要他'好好干,唵?'呢!跟上级说话怎么能'唵'?"

"那不是显得亲切点嘛!"

"有你这么亲切的吗?你知道那个组长是谁?是省广播电视厅的副厅长!跟地委副书记一样大,你怎么能拍他的肩膀?你是省长嘛还差不多!"

"你怎么不早说呢?"

"你没看见县长书记的都陪着吗?"

"看来咱确实不是当官儿的料啊!"

他平时老强调"咱也就是个股长的水平",估计就与这事儿有关。

那个老担心"毛主席要活着能气得够呛"的老李也是个无师自通的角色。他原是外线工,广播线路下放到各公社放大站之后就来局里搞了机务。凡是带响儿的机器他统统能修,电视机也修得不错。他四十七八的年纪，眼睛色眯眯的，说话甜兮兮的，水蛇腰一弯弯的，走到哪里哪里就有笑声。他喜欢抬杠，他说："'清早船儿去撒网，晚上回来鱼满舱'，要是中午舱就满了呢？还非得晚上回来不可呀？""怎么？那个唐巴狗还让咱写检查？这些东西耍起官威来就会让人家写检查，不懂个唯物主义辩证法！"当时广播站给人修收音机还不兴收费，他给人家修的时候就连烟也不抽人家的一支。有时某个小零件坏了，他还偷偷拿公家的给换上。郝局长发现了当然要批评他，他就说郝局长不懂个唯物主义辩证法。他这么三啰啰儿两啰啰儿就把偷换公家零件的主题给啰啰走了。他的人缘儿就不错，那个小贤就经常给他看手相。

小贤是工农兵大学生，已经结婚了，爱人在一个公社兽医站当站长。她的形象属于丈夫们比较放心的那一种。老李说："乍一看，小贤有点丑，再一看就不丑，时间长了，哎，觉得还挺好看！"

小梅说，"你看老母猪看长了也不觉得丑。"

老李就说："这是什么话！不懂个团结起来力量大，唯物主义辩证法。"

小贤的业务水平比较差，郝局长和老李在股里经常训她："你这个大学生是怎么当的，唵？连个二极管儿也不认识？"

她也不在乎："人家不是没看清拿错了嘛！"

她在他俩面前就跟小徒弟似的，颠儿颠儿地跑前跑后拿这拿那。

但对外他俩却经常夸奖她。说她很勤快，没有大学生的架子，能跟工农同志打成一片，事业心也很强，"属于职业妇女型。嗯，虽然不怎么漂亮，但理论上很有一套。职业妇女一般都长得不怎么漂亮。"他们股里年年评先进就都有她。

小贤为了表示能跟工农同志打成一片，抑或是为了表明她在他俩面前并不是小徒弟，她经常跟他俩开玩笑，有时还开得没深没浅。郝局长往往不跟她开，老李跟她开。她给老李看手相的时候，先叫他一声："老李呀！"

老李装咬舌子的："叫我压（咋）呀？"

"不着调呢！坐这儿！"

机房里有张床，平时放些待修的收音机之类，他三个开会闲拉呱也坐在那上面。伸着腿，倚着墙，墙上就有三个乌黑的后脑勺印儿，两大一小，两高一矮。显得很融洽、不微妙。

郝局长不在场的时候，他两个也这么坐着看手相。三看两看他的手就在她胸脯上蹭一下，他说是"全世界就数这地方温暖，嗯。"

小贤就打他一下："你这个坏家伙呀，真是坏家伙！"

要么，就在她腿上捏一把："怎么长的！不好好吃饭，就是这地方还有点肉！"

小贤说："吃不胖呢！"

"不见前年秋月朗，订了三家条约？还有吃的……"门外响起夏青味儿的朗诵声，小宋来了。小宋挤挤巴巴地往床上一坐，也要小贤看手相。小贤说："煺鸡毛的手，谁屑看呀！"

小宋涎着脸说："作为一个公家女人，你不能光给老李看，不给咱看！"

小贤就有点恼："谁是公家女人？公家女人整治得你屁滚尿流。屁颠儿屁颠儿地给人家煺鸡毛剥兔子皮翻猪大肠儿，抱着棍子给人家推碾压豆面儿。你一点咒念没有，还跑到这里找便宜呢，滚一边儿去！"

小宋讪讪地站起来说是："还真是邪门儿，唵？凡是对人家的男的厉害的女人，对自己的男的都不错。那个公家女人可疼她男的了，平时一点儿活不让他干，回到家就给他做好吃的。还吃'霸王别姬'呢！自己有病发烧还给他吭哧吭哧地洗衣服呢！"

老李说："凡是做了亏心事的女人，对自己的男人也不错。"

小贤就说："什么逻辑！"

小贤跟我是邻居，我到广播站两个多月还没见过她男的一次。有天晚上，我正躺在床上似睡非睡，就听墙那边儿"咕咚"一声。从声音上判断，跳进个人去是肯定的。我忽地坐起来，看好了一根棍子，准备着那边儿有异常情况时好跑过去援助。我爱人说："你神经兮兮的干什么？"

我说："那边儿跳进去个人，不会是小偷儿吧？"

她很有把握地说："是她男的！"

"她男的没有大门上的钥匙？干吗不走门口要跳墙呢？"

"那个人每次回来都这样，神出鬼没的，老给她个出其不意，好发现点什么。"

"你怎么知道？"

"都这么说嘛！"

确实也就没再听见那边儿有什么异常动静。

还真是她男的。第二天那个兽医站长就来我家串门儿了。他人很漂亮，配小贤绰绰有余。也很热情，说是："温锅的时候没能赶回来，这次送您点小礼物。"他从兜儿里掏出个纸包递给我,挺神秘地说是:"别让嫂子看见!"

我问他:"是什么?"

他说:"是牛鞭,不好弄。"那神情好像早就跟我熟悉似的,也像咱有需要吃那种东西的病托他弄的似的。

我说:"这怎么好意思,怪贵吧?"

他说:"有啥不好意思的,远亲不如近邻,嗯。这东西虽然不好弄,但不贵。老百姓不认这玩意儿!"

说起话来的时候,他就管广播站叫文艺单位。他说:"文艺单位的人挺复杂是吧?"

我说:"文艺单位可能要复杂一点,但咱们是新闻单位,还看不出有多复杂!"

"那还不是一个性质?都搞宣传。"

"咱们是党的喉舌呀,讲究个严肃性!"

"可是都容易犯错误!"

"现在又不搞运动了,犯什么错误?"

"政治方面的错误不犯,别的方面的错误也得犯!"

"这就看咱们个人了。个人要犯,在别的单位也能犯!"

他又强调了几遍"远亲不如近邻"之后就走了,我留他喝两杯,他说:"不了,有时间正儿八经地跟你喝!"

此后,他仍然一如既往地神出鬼没早出晚归,白天很难看到他。我跟我爱人说:"隔壁这家小日子过得还怪有意思哩,不时地就来点小刺激,像个小说的题目:来了走了,走了来了。"

我爱人说:"还有意思呢。你没去她家看看哪,跟猪圈似的,像个过日子的样儿吗?小贤也是不注意,跟男同志接触黏黏糊糊,没事儿也跟有事儿似的。"

有个星期天的白天,我又看见兽医站长了。我跟他打过招呼之后,回到家想让我爱人准备点好吃的,请他过来喝两杯。上回人家送我两根牛鞭,一直没找着礼尚往来的机会,心里一直有个事儿。另外温锅的时候别人都来了,就是郝局长没来,这回也顺便请请他。不想我爱人坚决不同意,她说:"你是真不懂,还是假不懂?"

我说:"怎么了?"

"你知道上回温锅的时候,郝局长为什么没来?"

"不是给他丈母娘做生日去了吗?"

"你拉倒吧,他是怕来咱家喝酒要提溜东西,躲了。"

"是咱请他喝酒,谁要他提溜东西来着?"

"县城里就这么兴!你见谁到人家喝酒空着手过?那天小贤她男的说'有时间跟你正儿八经地喝'这个正儿八经是什么意思你知道不知道?那就是等他提着很多东西来之后再跟你喝!"

"还有这种讲究啊?我还真不知道哩!"

"就跟你不是沂蒙山人样的。"

"这么说,以后不能随便请人来喝酒了?"

"那当然,你一请就等于是向人家要东西!"

"提前打好招呼,不要人家提溜东西也不行吗?"

"那是此地无银三百两。"

"怎么才能让人家不提着东西来喝酒呢?"

"你若真想请人来喝酒,可以随便找点活让他们干,干完了,顺便留下来喝就是了。"

"还真是麻烦!"

"所以'菜好做客难请'嘛!"

"哎,你听谁说温锅那次郝局长躲了?"

"这你就甭管了,反正好几个人都这么说。"

那个星期天,因为一时找不出什么活让兽医站长干,小酒也就没跟他喝成。再说你请人家喝酒,还得让人家干活,无论如何也说不过去。尽管我是沂蒙山人,也还是不适应。

五

友情重,亲情薄。公家人儿有优越感。怀疑农村人热情有企图。公家人儿与农村人有隔膜。

小县城的格局是这样:以广播站所在的那座小山为界,山之南是老城区,全是些刚转成城镇户口的坐地户。这些农民式的市民或市民式的农民,操地道的沂蒙山口音,干蔬菜供应及饮食服务方面的营生,既敦厚又狡黠。山之北则是新城区,全是县直机关及各部委办局的办公大楼及家属区,这些人来自县内外甚至省内外,操着沂蒙山化了的南腔北调，做着开会打电话做决定及写材料之类的工作。既品尝着城市的文明，又享受着农村的实惠；既洋气，又传统。这两部分人除了在市场上打交道之外平时很少有来往。当然也不时地有矛盾发生。打起架来的时候，南边儿的人成帮，北边的人不成帮，故北边儿打不过南边儿。北边儿的人管南边儿的人叫地头蛇；南边儿的人管北边儿的男的叫公家猪，管女的叫公家女人。春天的傍晚里，南北两部分都有些人要到沂河边去，北边儿的人是去河边散步，南边儿的人是去菜园干活。

我跟我儿子也常到河边去，我们在那里放风筝。服务部有人去外地进彩电，给我儿子捎回来个可以折叠的塑料风筝。那种风筝不知造型有问题还是分量太重，在别的地方不太容易放得起来，在河套里就放得比较好。北边儿的人见了，说是："嗬，还有这种风筝！"南边儿的人见了就问："多少钱买的？"

广播站离沂河有二三里，你不能天天都去那里放，我儿子的兴致还不减，我们就到广播站后边儿的山顶上放。山顶上有一座三十多米高的自来水塔，水塔上有我们广播站扯的一些插转机的放大天线和高音喇叭。放着放着一不小心风筝线缠到天线上了，缠得还怪牢固，拽也拽不下来。老张在院子里看见了，跑到山顶上说："怎么在这里放？潮一样！"说着就要往水塔上爬。我说："算了，这么高，为个破风筝上去下来的不值得。"他说是："怪可惜的，以后上去修喇叭的时候再取下来。"

那个风筝就固定到天线上了。风大的时候它飘着，蝴蝶似的；风小的时候它扬着，彩旗似的。而山顶上永远不会没有风的，它就显得很飘逸，很舒展。

老张原来跟我舅一个庄。他种完地回来，跟我说是："你舅让我给你赔礼了。"

我说："赔什么礼？"

"你母亲去世早，你小时候你舅也没管过你，他觉得很对不起你，现在想见见你，还怕你给他下不来台！"

"他要想见，来就是了。他怎么知道我会给他下不来台呢？"

"他听说你是作家，说话很刻薄，拿着挖苦人不当个事儿，不敢来呢！"

"我抽空儿去看他吧！"

"你舅让我问问你，清明节你回不回家上坟。你若回去，他也去，一块儿见见面！"

"你给他捎个信儿吧，清明节我回去！"

老张不提我还忘了有这么个舅。打我记事儿起，我从来没见过他，当然也就没什么感情。我档案中任何表格的社会关系一栏里也没有他的名字。

我之所以对他淡漠，是基于这件事：我母亲去世后的头几年，我姥娘每年都要来看我们几次。有一年秋天，我姥娘正在我们家招呼着我姐姐拆洗棉衣，我舅来了。他一进门就对我姥娘说："我寻思着你就到这里来了，人都死了，你还老来个什么劲儿，不知道家里忙不过来吗？"说着就牵出土改时分给我们家的小毛驴让我姥娘骑上，牵走了。牵走了就没送回来，我父亲也没再去要。从此就没再来往，后来我姥娘去世，他也没捎信儿给我们。

清明节，我们一家三口回去扫墓，我跟我姐姐说起这事儿，我姐姐说："咱舅肯定不来！"

"他说好要来的！"

"你有点名气了，像当了多大的官儿似的，他这么跟别人说说，表示跟你有点关系就是了，并没有实质性的意义。他让别人捎信儿，是让人家知道他跟你真有关系，而不是瞎吹！"

"那我就去看他！"

"你要真去看他，他就会躲了。"

"为什么？"

"你不知道他的脾气，他特别古怪，他过去也给我捎过多少次信儿，我真去了，他就躲了。"

清明节这天，他确实也就没来。

关于上坟这件事，我姐姐说，你要上，就须每年都回来上，你不能想起来就上，想不起来就不上。你在外边儿，不可能逢年过节生日祭日的都回来上，那就不要老惦记着这件事儿，你有这个心就行了。我当初嫁在本庄，一是要照顾你，二是要上坟。我每次去上坟都提到你，都说纸钱是你送的，你在外边儿混得不错，他们九泉之下只管放心就是。

这两件事，我当初都很以为然，以后也就没再回去上坟和看我舅。可当我离开小县城过起了真正的城市生活之后，有时思想起来就觉得不对了。淡漠亲情，其实还是一种公家人儿的优越和懒惰啊。这是我的不对，顺便在这里说一下。

那次我带着老婆孩子回去，老实讲，心里确实就有荣归故里的那么一种感觉。这也说明咱确实是小家子气啊，一个股级干部就荣归故里了？可当时就是那么个心态。一个跟我同村的小学到中学的同学见了我就说："让你挖着了（方言：赚了便宜）哩！"

我说："怎么挖着了？"

"你在部队当军官，转业回来当干部，还不挖着了？"

我说："我在部队当军官是吃苦拼命干出来的，你以为部队的军官就那么好提呀？咱又没有后门儿。你几个孩子？"

"三个！"

"我一个。你多大结的婚？"

"二十三！"

"我是二十八，这说明我在部队吃苦拼命的时候，你正在家里老婆孩子热炕头地享受天伦之乐，还有比孩子更宝贵的吗？你都比我多两个！这样总算起来，你说谁挖着了？"

他就说："嘿，你可真会让人心理平衡，说起来都不容易就是了，不容易，嗯。"

他走了之后，我爱人说："怪不得咱舅不敢见你呢，你说话还真是怪刻薄哩。人家就说了那么句话，你还没完儿了呢！"

我说："我这个同学气性特别大，当初我学习比他稍好点儿，他就难受得要命。最后气得他没毕业就下学了，回到庄上修锁修手电筒给猪打针，老想干个脱产的工作。我那么说是让他心理平衡一下。"

我爱人就说："我看你就是怪胀包，你二十八岁结婚有什么了不起？"

我爱人不是沂蒙山人，她是个下乡知青。她对沂蒙山里的人情世故方言土语比我知道的还多，刘乃厚对她就特别佩服。她每次回来，刘乃厚总要来看她。

我爱人是红卫兵串联的时候第一次来我们村的，和她同来的还有她的几个同学。刘乃厚在大队当保管员，当时正在大队部门口蹲着，见几个外地的学生朝他走来，就站起来说是："同、同志们辛苦了，屋里歇会儿，抽袋烟！"

后来成为我爱人的那个女孩子掏出一封脏兮兮的介绍信给他："这儿是钓鱼台吧？"

刘乃厚说："是钓鱼台不假！"他接过介绍信看了看，是"希沿途各地免费予以解决食宿为盼"。就说："还为盼呢，盼啥？甭盼，来就是了。"说着将他们让进屋，麻利地生火烧水提壶刷壶，透着经常招待公家人儿的一种熟悉和干练。

说起话来的时候，刘乃厚问那几个学生："当前的形势是怎么个精神？"

其中一个男的说："当然是大好了，不是小好！"

"牛鬼蛇神横扫得差不多了吧？"

"还不能这么说，革命无止境，嗯。"

"你们要好好踏上几只脚，千万别让咱国家变修了。"

我爱人笑了笑问他："您是十四岁就当村长的老革命刘乃厚吧？"

刘乃厚一听，挺惊讶："是啊，你怎么知道？"

我爱人说："大名鼎鼎还能不知道！你一说话我就知道，我还知道劳动模范刘玉贞，支部书记刘曰庆呢，他们现在都怎么样了？"

"都挺好。玉贞大姑早就出嫁了，曰庆书记还当书记。哎，你是怎么知道的？面好熟啊！好像在哪里见过！"

我爱人说："你别胡乱猜，咱们根本没见过，我是听说的。"

刘乃厚就说："嗯，知道我的人怪多不假，玉贞大姑到省里开劳模会做报告的时候也提到过我，主要是跟敌人做斗争能讲究个灵活性儿。"

"抽空儿给我们讲讲！"

"也没啥好讲的，不要吃老本，要立新功，嗯。"

当晚，我们村就开起了社员大会。一是对这几个学生表示热烈之欢迎，二是请他们传达毛主席接见的幸福之情景。完了，那几个学生就唱《人人都说沂蒙山好》的歌，跳《北京有个金太阳》的歌伴舞。他们这样唱着跳着的工夫，上点年纪的人就议论我爱人："这闺女是怪面熟不假，好像在哪里见过。"

"我看像那年来咱这儿办识字班的那个工作同志曹文慧哩！"

"嗯，是有点儿像。越看越像。说不定就是她的闺女！"

后来大伙儿就知道了，她确实就是曹文慧的大女儿。

那几个学生由刘乃厚陪着在钓鱼台村里村外地转了个遍。他当然就不失时机地结合地形地物介绍一番他当年机智灵活开展武装斗争的事迹。他那点事迹不少人都知道，无非是偷了日本鬼子的罐头却误认为是炸弹，扔到村内的井里了，害得全庄到村外挑水达三年之久。后来还是曹文慧让人下去打捞出来，消除了大伙儿的误解。他还领着他们专门儿看了那口井，说是："看看，啊，就是这口井，有一定的文物性是吧？"

有个同学问他："听说你当村长的时候什么人都接待？甭管是鬼子汉奸来到就有饭吃。"

刘乃厚说："那当然！你不招待把他们惹火了，血洗你一下子，那就不合算。三岔店不就让他烧得够呛？三光。搞地方斗争可不能跟部队样的，打一枪换一个地方，打完了就开拔。主要是讲究个灵活性，嗯！"

看钓鱼台的山山水水一草一木的时候，那几个学生就有点失望，说是："到处光秃秃的，连棵树也没有，就这么个'风吹草低见牛羊'啊？"

刘乃厚就为拿不出更好的风景给他们看而有点过意不去，说是："那只是一种理、理想，嗯，我们要好好地抓革命，促生产，封山造林，绿化祖国！"

刘乃厚还领着那几个学生到他家看了看。他家五个孩子，一色的男孩。其中一个还是兔唇儿。

我爱人问刘乃厚："你干吗不趁着孩子小，去医院给他做个小手术，把那个兔唇儿给补上？"

刘乃厚就说："还要押金什么的，怪麻烦。"

我爱人又问："孩子们的衣服怎么都没有扣儿呢？"

他说："那都是冬天穿的棉袄表儿，缝上扣子做棉袄的时候不好拆！"

他家的院子很大，房子很小，屋里很黑。

一只瘦瘦的小癞皮狗趴在门口好奇地看看这个，看看那个，刘乃厚踢它一脚，它不好意思地哼哼着走了。刘乃厚就让他们在这里多住几天，赶明儿把这只狗杀了给他们吃，"天冷了不是？天一冷吃了狗肉可补身子呢！"

那几个学生就说："你千万不要杀，我们都不吃狗肉！"

不想当天晚上，有个同学就拉起了肚子。刘乃厚吓坏了，赶忙把支书刘曰庆找来，刘曰庆问他："许是吃的什么东西不卫、卫生？"

刘乃厚说："就是吃了点羊肉，又吃了几个柿子。"

刘曰庆就说："那还不拉肚子？这个也不懂？年纪也不小了。"

刘乃厚赶忙就去拿药，又让老婆炒麸皮，而后将发烫的麸皮包起来敷到她的肚子上。刘乃厚守了她一夜，赶到天明，那学生不拉了，眼窝儿却一下塌下去不少。刘乃厚到底把那只小癞皮狗杀了，煮了，让那个学生吃了补肚子。

我爱人后来给我说这件事儿的时候眼泪汪汪的，我听了也很受感动。最让我震动的是，那个学生补好了肚子之后认为刘乃厚有问题，她是这么分析的："他为什么对咱们这么热情？还杀狗什么的？他如果没有问题能对咱这么热情吗？这里面肯定有鬼，他是做贼心虚故意表现得好一点儿。明摆着他那一年维持会长当得就有问题，还机智灵活呢！"

我爱人跟她吵架的时候，刘乃厚正从外边儿进来，他还劝她们："出门儿在外要注意个团结性儿，无产阶级内部没有根本的利害冲突不是？"

我说："你这个同学还真不是东西哩！"

我爱人说："她主要是不了解沂蒙山的农民，另外阶级斗争的弦儿也绷得紧了点儿。"

后来一时兴知识青年上山下乡，我爱人就下到我们村了。她在下乡期间，就将刘乃厚那个兔唇儿的儿子领到省城做了手术，给补好了。刘乃厚感激得不知怎么办好，那个兔唇儿回来就保镖似的整天跟着她。再过几年，当她跟我结婚的时候，那个兔唇儿乘婚礼上人多混乱之机，竟踢了我一脚，小兔崽子还挺复杂，不好研究的。

这个清明节我们回家，兔唇儿就来看我们了。他那个手术做得不错，嘴唇上只是有两道小疤。我爱人说过补嘴唇的肉是从他大腿上割下来的，但肤色挺一致，不认真看还看不出来。按庄亲的叫法，刘乃厚管我叫叔，兔唇儿当然就要管我叫爷爷。但他不叫我爷爷，光叫我爱人奶奶。叫得我爱人脸上红扑扑的，故作庄重："你爹身体好吗？"

我爱人递给他一根烟，他抽着说："身体还行，挺能吃，他要来看您来着，没让他来。他光随地吐、吐痰！"

我爱人说："你这孩子，年纪也不小了，怎么不让他来？农村人谁不随地吐痰哪！等会儿我和你爷爷去看他。"

"那我得回去打扫打扫卫生！"说完，跑了。

这时候，刘乃厚的老婆已经去世了，五个儿子中有四个已经结婚了，只有兔唇儿还没对象。我们去他家的时候，刘乃厚正在门口迎着。他的腰已经弯了，头发全白，完全是一个老人的模样了。他老远看见我们就小跑着迎上来，恭恭敬敬地叫了一声："大叔大婶来了！"我当时三十来岁，让一个老人叫大叔，心里有点过意不去。他弯着腰还想扶我爱人，但又不敢扶，两只手拃挲着护着她似的。我们在院子里刚坐下，兔唇儿从外边儿买了一盒烟回来，进门就训他爹："让你烧点水烧点水嘛还这么干坐着！"

刘乃厚抬起身说："就去烧，就去烧！"

我爱人说："是我不让你爹烧的，我们不渴！"

刘乃厚还是进屋去了。我爱人说兔唇儿："你怎么跟你爹这么说话？"

兔唇儿嘟囔着："老糊涂了他是！"

刘乃厚拿出些干巴枣儿来。说起话来的时候，我问刘乃厚多大了，他掰着指头数算了半天："四三年我当村长的时候十四呢，今年是……"

兔唇儿没好气地说是："五十三！"

他不好意思地笑笑："是五十三不假！"

而他的形象六十三也不止。

我问他："生活怎么样？"

他说："还凑合！"

"没搞点家庭副业什么的？"

"咱这里能搞什么家庭副业！"

"看来你家还是不富裕呀！"

他就说："都三中全会了，会好起来的。当前的形势也不知是怎么个……吭、吭……"他站起来找地方吐痰去了。

我爱人问兔唇儿："你也没出去找点活干？"

"到哪里找去呀？咱又不认识人！人家西鱼台有个在县里当工会主席的，把他们庄的青壮劳力弄出去不少，都在县城干临时工。"言外之意好像还嫌我也在县里却没给老少爷们干什么事儿似的。我爱人看我一眼，苦笑一下，再也没吭声。

我们在钓鱼台待了两天就回来了。

六

商品观念淡薄。有点能量即如鱼得水。穷不说穷。一哄而起。犯个自由主义感谢你。

我离开两天，广播站就发生了点小变化。辛有余走了，随之调来的是一个叫陶立坚的小青年。辛有余走的时候，留了一封信给我，信中赋诗一首：余被下放十五年，落实政策重见天。意识形态实重要，虽不对口亦欣然。来站工作近三载，实乃隔行如隔山。余做农技尚勉强，怎好滥竽干宣传？年过半百耳又聋，常常给党添麻烦。余到农技去补差，倒出位置儿接班。您来此站当主任，工作能力不一般。只是言行须谨慎，且莫做了出头橼。

这封信是我回来的当天晚上小孔交给我的。小孔说："心有余悸是个有他不多无他不少的人物，走就走了，倒是这个陶立坚你得注意。"

"他怎么了？"

"以后你就知道了。"

"王局长怎么没给我打个招呼呢？"

"大概还没来得及吧！"

第二天一上班，王局长就给我打招呼了，他说："辛有余到农业局去补差，主要是让他儿子来接班。他儿子已经安排到公社放大站了。来的这个小陶是咱们县长的一个侄子，他母亲就是原来在咱们这里当播音员的那个老谭，'文革'中自杀了，你听说过不是？"

"这个小陶原来是干什么的？"

"卖猪肉的！"

"写东西还行？"

"要是行我不早要了吗？唉，顶不住呀，县长给我打了三次招呼了，好在他还年轻，以后你多带带他。"

我到办公室的时候，那个小陶已经坐在辛有余原来的位置上了。他个子很高，脸很长，留有希特勒式的发型，说话有点结巴。见了我那个热情！我还是第一次见他这样当面吹捧人的人。他说："您就是刘呀老师吧？我是小呀陶，早就听呀说过您，这回可见呀着了。我是奔着您呀来的，过去请呀我来我都不呀来，您来了我就非呀来不可，您一定要收下我这个徒呀弟，喝水刘呀老师。"完了就大段大段地背诵我先前发表过的某篇小说中的段落，之后就从桌子底下提溜出个玉米皮儿做的提兜儿，说是："第一次见面没啥好送，给您弄了点猪呀蹄儿，听说您爱吃猪呀蹄儿不是？已经拾呀掇干净了，回家直接呀煮就行。"

我问他："多少钱？"

他就说："您瞧不起呀人这是，拜呀师怎么能收老呀师的钱，我弄这个比呀您方便。"

我想我喜欢吃猪蹄这事儿在小县城里是有名了，真该感谢传这话的人。虽然王局长说了"顶不住"的话之后，我对这个小陶没啥好印象，可咱到底不是优秀的共产党员呀，人家这么热情洋溢费力劳心地歌颂你抬举你，还送给你猪蹄儿什么的，你嘴上不说，心里还是怪滋润呀。再说咱跟他又没什么个人的积怨，你管他是怎么来的呢！

小陶母亲的情况我先前略知一二。老张有一次说我那三间平房中最靠头儿的那一间曾停过一个女播音的尸体，停了三天，"那个女播音员也是个'播音晚了'"。老张说她自杀的原因有三种：一种是她跟原县革委的某个副主任有一腿，且怀了孕，败露之后丢毁了堆儿，因此服安眠药自杀了。二是她精神方面有问题，老担心有人谋害毛主席，久而久之钻了牛角尖，因而自杀了。三是夫妻长期不和，身体又有病，个性还很强，干脆一死了之。老张说："我个人认为将第一种说法和第三种说法加起来差不多。尸体在那屋里停了三天，是因为那个县革委副主任不让火化，非要广播局党支部追认她为共产党员不可。眼看尸体就要烂了，最后没办法，还是追认了。"他建议我那间屋里最好不要住人，可放些杂物什么的，"虽然时隔多年了，但先前一直没住过人，猛不丁住进去，还是怪硌硬。"

老张不说还没事儿，他这么一说，我再到那屋里去的时候心里确实就怪硌硬。我晚上有时在那屋里写东西，写着写着就觉得阴森森的，顶棚上边儿还时而发出窸窸窣窣的声音，仔细一琢磨，就像在说："播音晚了播音晚了。"

我跟老张说起这事儿，他就说："看看，怎么样？给你说你还不信呢，潮一样。"

那个老李就说："胡啰啰儿呢，顶棚上的声音是老鼠在跑，我那屋的顶棚上也有老鼠跑，老张是非党同志，不懂个唯物主义辩证法。"

如今，那老播音员的儿子又来了，这县城到底不大呀。

小陶来了没几天，就向我建议说："这个机呀务股也拿稿呀费还是个事儿哩，咱们编辑呀部有广告收呀人拿就呀拿了，他们机务呀股能创收而不创呀收也拿就不合呀理，他们修理个电呀视机收音呀机可以收呀费嘛，他们为啥不呀收？光为好呀人。"

我觉得有道理，就跟郝局长说了说。他还不干，他说是："我们机务股主要是保证设备正常运转，你一搞创收人心就散了，一心不能二用，嗯。再说凡是来修理收音机电视机的都是有头有脸的，你怎么好意思收他的费？搞创收有一个服务部就够了，咱们广播站是党的喉舌，不能见钱眼开对不对？"

小陶后来就说："不呀收费是对他们个呀人有好处，来修机呀器的哪个不大包小呀提溜地往他家呀送？你一收呀费人家就不呀送了。"

我问他："你怎么知道？"

"那还不是秃子头呀上的虱子明呀摆着？"

"没亲眼见的事以后不要乱说！"

他就说："那是当呀然！我就是亲眼见了也不会乱呀说，也就是跟您说说罢呀了。"

我清明节上坟回来之后，刘乃厚家的状况老在我脑子里转悠。我跟王局长谈起这事，王局长说："穷说不穷，是咱沂蒙山的光荣传统，嗯。"

"从三级干部会上的文件看，去年全县人均分配好像是四百五十元对吧？"

王局长说："你听他的！若按往上报的数字，全县的绿化面积比全县所有的面积还大哩！"

"如今还敢这么干吗？"

"哎，这可不是闹着玩儿的，你可不能钻牛角尖儿，这些事比你明白的人多的是，你才回来几天？"

"就没人往上反映？"

"反映怎么了？比这些问题还严重的不知有多少，上边儿管得过来吗？咱们基层新闻单位主要是搞正面宣传你知道不是？你千万不要捅这个马蜂窝，也再不要搞那个什么小内参了。你新官上任三把火，热情很高，可以理解，但历史的经验也要注意，你如果马上能调走那就不妨捅它一家伙，你如果想在家乡安居乐业不再挪地方了那就不要捅，我的意思你明白吗？"

我说："我明白你的意思，但不同意你的态度。"

他笑一笑说："到底是年轻啊，部队下来的同志啊！"

但我的心里却很温暖：这是个关心爱护部下的人，而且还很懂业务。我有时在想这个王局长对我这么关心这么热情，会不会是有所企图或有什么问题？而有所企图或有问题的人对人一般都是比较热情的。但想起那个来我家乡串联的怀疑刘乃厚热情的学生，又觉得自己太狭隘太不高尚，好像真变得不是沂蒙山人了似的，也就没敢再去想。

这年的春夏之交，外地来了些卖蚯蚓和举办蚯蚓学习班的，天天来广播站做广告。广告里说：要脱贫，养蚯蚓，想有钱，养曲溜沿

（蚯蚓的当地叫法），一期办三天，学费六十元，免费赠送蚯蚓苗，养大之后全包销。那些急于脱贫而又找不着挣钱门路的农民兄弟忽地就拥了上来，兴起了一股小小的养蚯蚓热。我爱人也动了心，说是："刘乃厚家那个兔唇儿那次好像还埋怨咱们没给他找个赚钱的门路是不是？给他捎个信儿叫他也来学学怎么样？"

我说："广播里天天咋呼，他又不是听不见，还用得着你捎信儿呀？"

我爱人到底还是给他捎了信儿，那个兔唇儿就来学了。学费不够，我还给他垫了二十块钱。不想那帮儿外地人啰啰了没两天，送出一点小蚯蚓去，每人赚了一家伙，窜了。报纸上很快就登了信息，根本没地方收那玩意儿。那些养蚯蚓的一个个叫苦不迭，赶忙将那些软体动物喂了鸡算完。那个兔唇儿就埋怨我爱人："当初我就半信半疑，俺不来嘛您非让俺来不可，这下倒好，四十块钱白扔进去了，还高蛋白呢，白他娘个×呀！"

我爱人给了他四十块钱将他打发走了又埋怨我："谁让你们天天播广告来着？党的喉舌就干这个呀？"

王局长也找我："有一个广告管理条例的暂行规定你见过没有？你查一查有没有办类似学习班的有关条款。"

我问他："怎么了？"

"县委办公室来电话让咱写检查呢！"

"检查我来写，此事与你无关。"

"你说得好，我当领导的怎么能让你写检查？一切事儿都由我兜着，我这么大年纪了又不想再进步了，他能怎么着我？"

郝局长在旁边儿就说："那是，那是！"

编辑小孔说："看看，怎么样？这就报复上了吧？"

我说："这个事儿咱们确实也有责任。"

小孔说："有什么责任？广告管理条例上根本就没有办学习班这一条，人家还有介绍信盖着公章什么的，再说有责任也用不着他来管呀，要工商局是干什么吃的？"

王局长说："让咱检查就检查呗，又掉不了几斤肉！"

郝局长就说："看来情况就这么个情况了，宣传工作很复杂，嗯。"

不想没过两天，我姐姐就来看我了，和他同来的还有五六个叔伯兄弟，其中一个就开着拖拉机，那个兔唇儿也来了。我姐姐一进门就问："听说你犯错误了？"

我说："犯什么错误？"

"说是办蚯蚓学习班的广告是你让播的，让县委一撸到底？"

"你们听谁说的？"

"咱庄里来县上推氨水的人说的！"

我跟他们解释了半天，他们才放心。

我知道我们村有看望犯错误的人的传统，就像别的村有看望病人的风俗一样。那年我们村有个南下的干部让人家打成了走资派，给下放回来了，全村一户不漏地都提着鸡蛋挂面的去看他。送去的东西吃不了，他还卖了不少。不想为一个小小的传言，他们跑了八十多里地也来看我了，我心里真是热乎乎的。我说："以后你们不要听见风就是雨，再说我若真犯了错误，你们来也没用！"

他们就说："别让他们以为钓鱼台没人，姓刘的是好欺负的？！"

"胀得他不轻，还让人写检查呢，写个屁啊！"

我让他们住一天，第二天再走，他们说是："庄上老少爷们儿都挂着，回去说一声，好让大伙儿放心。"又开着拖拉机连夜赶回去了。

那个兔唇儿临走的时候，就把那四十块钱给留下了，说是他爹把他好一顿臭骂。

第二天一上班，那个小陶问我："昨天你家呼啦来了这么多呀人，是干什么的？"

我说："是我们庄上的，来县城办事儿，顺便过来看看。"

"气势呀汹汹，像打呀架似的。"

"农村人就这样儿。"

小陶跟宣传部报道组的人合写了一篇稿子，拿给我看。我问他："是你写的？"

他说："是我们两呀人合写的。"

我看完之后觉得还可以，当个广播稿是没问题，就说："还行！"

他就说："第一次写，不会呀写。"

我给他编了编，在本站广播了一下之后他觉得不过瘾，就让我写封推荐信，他往省台送。我说："寄去不行吗？"他说："送吧，送去人家呀重视，路费也不要站里报呀销。"

我给那个来讲课的大老胡写了封信之后，他就从被采访单位要了辆吉普车，还要了些蝎子香油之类专程送去了。小孔说："怎么样？

能量不小吧？这稿子贵呀，高价的。"

我苦笑一下作罢。

那篇稿子当然就播了，小陶就拿一个秘密来感谢我，他说："郝局长对你有呀看法定了，他说一心不能二呀用，你经常写呀小说，怎么能干好本职呀工作？还拿稿呀费什么的。"

我说："他这么说了吗？我找他去！"

他就说："你这个同啊志，你一找不就把我给出呀卖？往后谁还敢跟你说呀话？"

我说："哪一件本职工作我没干好？广播站的稿费我拿过一分钱吗？"

"他不是说你拿广播站的稿呀费，而是说你拿人家的稿呀费，他是害红呀眼病，他家庭困呀难，看见人家拿稿呀费心里就不舒呀服，甫说拿稿呀费了，你工资比他呀高，他也不舒呀服，这是一呀方面，另一方呀面，他觉得你跟王呀局长不错，是王局长的呀人，就更不舒呀服。"

"王局长和郝局长有矛盾？"

"不但有，而且还很呀深，他两个的矛盾由来呀已久，不好弥呀合。"

我问小陶："这些事你是怎么知道的？"

小陶说："广播站什么事儿我不知呀道？这地方是庙小神呀灵大，池浅王呀八多，没一个好呀东西，当然您除呀外，我母亲就是让这帮人迫呀害死的。"他说着说着眼泪还掉下来了。

"那你何必调到广播站来呢？"

"看我怎么收呀拾他们！"

我就吃了一惊。我劝了他几句，要他别记旧账，要往前看，同时要注意遵纪守法，不要干越轨的事情。他就说："你不了解呀情况，不要小瞧呀人，我还能不遵纪守呀法？"

我就预感到这个小小的广播站今后不知会发生些什么事情。

七

情绪经不住小冲击。戴大盖帽儿就能让人站好。用吃喝解决小摩擦。想发财胆子还不大。

　　我说过，我们的小县城里是有许多生活的网络和循环圈的，你不参加其中的一个，你买肉买不到瘦的，买粮买不到好大米以及绿豆、红小豆，若是生病那就更麻烦。温锅之后，这些问题是早就解决了。但都是人家给你解决的，你不能不礼尚往来，也给人家解决点什么。他们让我办的大抵有两件事：一是吹吹他们，报道一下他们的先进事迹，最好是能变成铅字，在报刊上吹吹，这点不难办到。二是给他们买优惠价的彩电，这就有点小麻烦。广播局有个服务部，隔三岔五地倒是进一点彩电，但都是搭配着黑白的来的，往往是进一台彩电要搭配十来台黑白的。再说你买一台两台可以，你不能老买，但又不能给这个买了不给那个买。我为了跟那个老张搞好关系，让他每次进彩电的时候在厂里就给我留出那么一两台，就不时地请他喝个小酒。他因为经常给我办事，觉得有点喝酒的资格也就不提溜东西。

　　我说第一件事不难办到，是基于以下的背景。当时省内外个别报刊刚开始时兴带赞助性的报告文学这一说，我经常接到类似的约稿信和接待这些报刊的编辑或记者。他们也认为沂蒙山商品意识觉醒晚，是一块尚未开发的处女地，就经常来人来函找我帮他们拉广告或赞助性的报告文学。我大小是个作家，干过那么一两次之后觉得做这件事有点掉价，跟讨小钱儿的似的，也不是真正的文学创作。那些搞报道搞不出多大名堂的或其他社会写作力量干这事儿也许比较合适。小陶有一定的能量，而且急于将钢笔字变成铅字，再有人来约稿的时候他就主动地凑上来了，我也乐得让他去应酬。不想他很快就能独立作战，拉赞助，拿提成，跟那些编辑称兄道弟，名利双收了那么一段。后来当我离开小县城的时候，据说他已经联系好了书号，准备出版报告文学集，还要我给他写序什么的。这是后话，不提。

　　从审计局来了些查账的，态度不怎么友好。查完了账还查仓库，找仓库保管员和机务股的人谈话，谈话的时候让老李"站好"，老李战战兢兢地就做立正姿势，也不说"毛主席要活着能气得够呛"和"不懂个唯物主义辩证法"什么的了。折腾了一个星期，下来了一份通报。从通报上看，广播局主要存在三方面的问题：一是招待费过高，请客送礼过多，光去年给某新闻单位代买苹果就垫进去四千多元。二是巧立名目，乱发奖金和实物，比如编辑人员发工作服，机务人员发稿费。三是器材管理混乱，出库入库手续不健全，零件丢失严重，初步估算价值三千多元。责令广播局将巧立名目所发的奖金和实物原数原价从工资中扣回，并令广播局主要领导同志做出书面检查，而后由有关部门视情处理。

我问王局长："怎么给某新闻单位代买苹果还垫进去四千多元？"

"操，那是给省台买的，人家来电话要咱给他们买质量高的价钱低的，现在果园都承包了，到哪里买去？咱们四毛一斤买了，按两毛一斤收他们的钱呗！"

"这事儿办得有点潮啊！咱们小单位怎么补得起大单位？你补得过来吗？"

他说："不这么补，人家能给咱平价铁丝吗？人家换下来的电视转播设备能白送给咱们吗？去年闹水灾，广播线路断了十五杆（公里），人家能给咱三万元救灾款吗？"

小孔说："审计局不声不响地怎么单审计咱们呢？"

王局长说："审计局除了正常的普审之外，平时一般都是不告不审，是有人告了呗！"

小孔说："弄不好又是那个唐巴狗搞的鬼！"

王局长说："不可能，他顶多就会大鸣大放地打个电话要你写检查，要要官威，干这个他还不会。"

小孔小心翼翼地说："会不会是郝局长？"

王局长说："他更不会，第三条就全是他的事儿。他怎么能会？"

小孔还在猜测："会是谁呢？"

王局长就说："别管是谁了，人家通报得对，该干什么干什么去吧。"

我就有点小紧张：最近外边儿有些我可能要当局长的传说，那么人家会不会怀疑我是抢班夺权急于把局长掀下去而来了这一手呢？很可疑的。

外边儿关于我可能当局长的传说是小陶告诉我的。小陶说他是听宣传部的人讲的。他分析说："这很呀可能，县里的科局级干部是五十不呀用，四十不呀提，王局长现年五十呀三，该当调研呀员了，这个局长我看是非你莫呀属。"

我说："别胡啰啰儿，我根本就不想当官儿。"可小县城的那种氛围弄得你心里还是怪滋润呀，听这个比听我犯了错误或啃猪蹄儿要顺耳些。

两个局长的情绪都不怎么高，管理有点松，人心有点散。有人说那个老张从外地往这运彩电的时候，在半道儿上就卸下来不少，让他老婆代卖去了。服务部当时还没承包，他老婆代卖可以发个小财。播音员小宋也开始神出鬼没，星期天经常外出，回来得还挺晚，漏报了好几次天气预报。小梅说："这可是大事儿，过去漏报一次天气预报都是要给处分的，不信你问王局长。"小梅说这话的时候牙上粘了好多韭菜，我特别恶心女同志的牙上粘韭菜。我说："我没权力给他处分呀，你找王局长给他处分去吧。"她嘟囔着："这个么儿要是不处理，往后咱也漏报它一两次。"走了。我很快就知道小宋星期天外出是跟文化馆一个照相的到偏远的农村给人照相发小财去了，我知道了也没捅破这件事。小宋是个临时工，业务不错，编辑部数他工资低，他又有会照相的特长，他搞点额外收入就搞去吧，我只让他别再漏报了天气预报。

隔壁小贤包了顿饺子给那个老李吃，以示对审计局找他谈话的时候让他站好的慰问之意。估计是小贤正在院子里下饺子，那边儿说话这边儿能听见。小贤说："你不是挺懂唯物主义辩证法嘛，那还生什么气？"

老李说："懂个屁呀！"

小贤笑得咯咯的："不文明呢！"

"文明个屁呀！"

"有本事当面骂呀！当时吓得那个熊样儿，现在来劲儿了，快端！"

老李在小贤家吃完了饺子，来我家喝水，他说："操他的，现在这些戴大盖帽儿的太多了，分不清哪一部分，我起先以为是公安局来着，弄了半天还是审计局，审计局又不是公安局，他怎么能随便让咱站好？"

我说："这是个别人的态度问题。"

"这就是县以下的水平啊，戴个大盖帽儿就能让人站好，哎，你能不能在咱们那个小内参上来它一篇儿，撸这些婊子儿一家伙？"

我问他："通报上那三条是不是都属实？"

他说："属实可能是属实，可属实就让人家站好吗？"

我说："那不还是个别同志的态度问题嘛，有三个问题的撸有一个问题的也说不过去呀！咱们别再火上浇油了，搞不好不知又会惹出什么乱子！"

他就说："嘻，你也是白搭呀，回来半年多点儿，棱角就没了？党的喉舌让个审计局操了一家伙！"

秋天到了，该吃羊了。沂蒙山一到这个季节大兴吃全羊，久兴不衰。我们那个小县城更是略胜一筹，各行各业各部门把吃羊当作福利来搞，统统吃。下班的时候你看吧，几乎每人都用网兜儿提着盛满羊肉的铝盘铝锅，脸上放着红光，见了人格外亲切，整个县城就弥漫着羊肉的芳香和团结友爱的气氛。那种吃法是这样：将山羊杀死之后，把羊头羊蹄羊下水拾掇干净，该拔毛的就拔毛，该翻肠的就翻肠，而后跟羊肉放到大锅里一起煮，待煮个半熟，再将它们捞出来该切的切，该剁的剁，完了放上佐料再煮。煮熟之后倒上醋撒上香菜，连汤那么一盛，确实是好吃得要命啊，还没膻味儿。整个沂蒙山区及附近的临朐、莱芜、新泰几个县都是这个吃法。我在离开小县城之后最怀念的也是这玩意儿。我体会这种吃法的意义不在于吃，而在于做，在于做的时候大家嘻嘻哈哈一齐动手的那种气氛。

这时候，别的单位都开吃了，广播局因为刚挨了通报就还没动静，一个个大眼瞪小眼，谁也不吭声。这天下午，小陶让我去他家吃羊肉，说是他爱人单位上分的，我提溜着两瓶酒就去了。不想唐巴狗也在那里，小陶一介绍"这是县委办公室唐啊主任"，我就意识到是他。我是第一次见这人，编辑小孔曾给我形容过他的形象，说是他的脑袋最有特点了，像一个树墩让木匠砍了一斧子似的，嘴很长，眼睛有点圆，跟巴狗差不多。我一看还真像。他肯定也意识到是我了，我刚觉得有点小尴尬，他就握着我的手说："你就是老刘吧？久闻大名啊！咱们还有点小误会不是？没什么，不打不成交嘛，过去主要是不认识，以后熟了就好了，我这人脾气也不好。"

我就说："我的脾气也不好，请原谅了。"

这羊肉原来是他拿来的，小陶怕我知道是他拿来的不来，就说是他爱人单位上分的。喝起酒来的时候，他说："早就想认识认识你，一直没找着合适的机会，正好单位上杀了羊，就一块玩玩儿。"这人还挺能说话，他说羊肉是好东西，大家都爱吃。吃羊肉喝白酒可以，喝啤酒不行。地委书记前天来咱县检查工作，转了三个庄说了一句话："农村改革，势在必行。"看来广播局的班子是非调整不可了，关键是两个局长不团结，面和心不和，同床异梦，不团结怎么能搞好工作？咱们县里还是有点名人，有个画画的，画得不错，就是有点骄傲；那个唱歌的唱得不错，还拿过奖什么的，就是思想不开放；那个编小戏的，编得不孬，就是生活作风有问题。以后咱们就熟悉了，有什么困难说一声，外边儿传说你怎样怎样，一接触，哎，还不错，挺直爽。

这羊肉一吃，酒一喝，我对唐巴狗的恶感冰释了。后来我就知道，我们的小县城里都是用吃吃喝喝来解决一些小摩擦的。比方张三要是和李四有点小隔阂，王五就会说："有什么大不了的！到我那里弄个小酒喝喝，把话谈开，就没事儿了。"前提是摩擦要小。小陶说："王局长和郝呀局长就没在一起喝过呀酒，小梅结呀婚的时候，他两个一起喝过呀一回，不在一个呀桌，还吵起来了。"

秋收大忙时节，单职工们回去忙秋收了，我又负责了一段全局的工作。这期间省台又来电话让我们联系苹果，又是质量要高价钱要低那一套。我实事求是地把审计局查账的情况跟他们说了说，他们仍然要我们联系，说是只要质量好就行，贵点就贵点，再贵也比省城便宜。我问他："省城多少钱一斤？"他吭哧了一会儿说："五毛左右吧！"我心里话："骗你大爷我呀！我还不知道？很一般的苹果批发也要六毛以上，不知道我是谁！"我心里有数之后，就派小陶和小孔联系去了。他两个找熟人联系的是三毛六一斤，我跟他俩商量："咱们接受以前的教训，这回不但不往里垫，还要赚他们一家伙怎么样？"

小陶说："怎么赚？"

"你们三毛六一斤买回来，咱们四毛五一斤卖给他们，一斤赚它九分钱，六千斤就是五百四。"

他两个都说这个主意好，可也别赚得太多了，按四毛一斤卖吧。这两个想发财，胆子还不大，只敢发点可怜的小财。

我说："别凑成整数，有个零头儿显得真实些，按四毛三一斤卖给他们吧，他们来拉苹果的时候，给具体办事的和司机再一人送一筐，这些东西只要自己有了不花钱的，他才不管别的贵不贵呢！不过这个事儿得保密。"

小孔很激动地说："这个还用得着嘱咐？"

我说："你俩还得辛苦一下，先把苹果运来，别让拉苹果的跟卖苹果的见面，免得露馅儿。"

小陶就说："没问呀题，我去联系呀车。"

这事儿很稳妥地办成了，净赚四百二。他们两个拿出二百块钱给我，我说我只不过动了动嘴，力还是你们出得多。最后我们三个就平分了。小孔很高兴，说是："您还真行，以后瞅准机会再赚他几家伙。"

我将我的那一份儿买了三只羊，杀了两只让在家的分了分，剩下一只，单职工们回来的时候杀了吃了。小孔就说："这是刘老师用稿费买的。"王局长一听，说是"咱怎么能让他自己出钱？给他报了吧。"

吃了羊，大伙儿的情绪又振作起来。

八

"鸡蛋游戏"常玩儿不衰。过春节重视猪头。容易上当受骗。人事安排出奇迹。

外边儿传说我可能当局长的事儿，还真是有点影儿。组织部副部长兼人事局长牛满山带着两个人来了几趟。开始大伙儿以为还是为着审计局通报的事儿来的，待谈完了话，才知道是考察领导班子的。那些被谈过话的人事后都跟我说："嗯，这个局长你是当定了，我们都反映的你不孬。"

我就估计是我买的那三只羊起了作用。

这件事儿也说明自己非常浅薄啊，人家那么一说，我脑子里就像已经当上了局长似的开始筹划明年的工作怎么搞。我想明年让服务部实行承包，让机务股承担服务部的修理业务，搞点收入，提高一下福利，编辑部则实行岗位责任制，进一步健全通讯报道网，还要协调好关系，搞好团结。一想到团结，我才注意到那个小陶自打调来之后好像还没跟小宋说过话。我问小孔，小孔说："他两个怎么能说话？我只告诉你一个事实你就明白了，小陶的老婆就是小宋原来的恋人，你看着小宋挺阴，可还是斗不过小陶，关键是社会地位不同啊！"

后来我就知道是咋回事儿了。是有一次我和文化馆那个照相的一块儿去采访一个爱树如命的护林员，闲谈的时候拉起来的。那个照相的跟小宋是一个公社中学的高中同学。小陶的父亲当时在那个公社当革委会主任，小陶在他母亲自杀之后，就也到那个公社中学读书了。小宋多才多艺的才华在那时已初露端倪，他学习不错，还会拉二胡，在学校文艺宣传队当队长。班上有个叫温馨的女孩子，是个军转干部子女，长得特别漂亮，学习特别好，唱歌特别好听，拍子打得也特别好看。小宋经常跟她一块儿排节目演节目，彼此有些好感生出来也是可能的。小陶这个东西就在他俩之间玩鸡蛋游戏，哎，你知道什么叫鸡蛋游戏吧？这是小陶的专利。他说让两个沂蒙山人打架很容易，你比方三个人一前一后地一块儿走，中间那个若是觉得无聊，想热闹热闹，你只要这样做就可以：你先用两只手比画成一个篮球的形状，对前边的那个人说："一个鸡蛋这么大你信不信？"前边的那个人当然就不信。你再用两只手比画成一个鸡蛋大小对后边的那个人说："我刚才说一个鸡蛋这么大，他不信呢！"后边儿的那个人肯定要说"他是放屁！"前边的那个听见后边的这个骂他，当然就要回骂，三骂两骂就打起来了。你就放心地在旁边儿看热闹吧，他二位保证只注意对方骂他而绝对不问骂他的原因。小陶父母长期不和，据说也与他在中间玩儿鸡蛋游戏有关。当时小陶就对小宋说："你知道温馨学习为什么那么好吧？"小宋说不知道，他就说："她是留级生呢！而且不是留了一级而是两级。她在原先那个学校里读高三，插到咱们这里读高一，那还不显得好点儿？怪不得叫温馨呢，她可真能温故而知新！"小宋问他是从哪里听说的，他就说："这你就甭管了，看她的年龄还看不出来啊？"小宋问："她多大？"小陶说："表格上是十七，实际二十也不止！"小宋说："你怎么看出来的？"小陶就说了一个很下流的经验，意思是她每次从厕所里出来都挽着裤腿儿。"尿尿迸裤腿儿，年纪小二十儿！"高中时代是个最要命的时期，小宋从此渐渐地就跟她疏远了。小陶有一次生病住院，班上的同学都去看她，温馨也买了点心去探视，小陶跟她从来没说过话，如今见她提了点心来看他，感动得要命却无以回报，就玩儿鸡蛋游戏感谢她，他说："害人之心不可有，防人之心不可无啊，你就太善良，不会识别人，那个表面上跟你最好的人说你是留级生呢，还说你尿尿迸裤腿儿什么的，我都不好意思说出口来！"温馨当时就气哭了。小陶见她哭了，也陪着掉了眼泪。而这事儿她是无法核实的，直到高中毕业她也没再跟小宋说过话。小宋当兵回来，才知道温馨已经嫁给小陶了。在这种情况下，他两个怎么能说话？

我虽然想协调好他俩的关系，搞好内部团结，但在知道了事情的始末之后，也就作罢了，这种事儿咱是无能为力，不好研究啊。

那个老张在外边儿搭了个关系，回来就忙着收预付款，要去南方进彩电。广告一播，一下收了十八万。局长就让那个懂唯物主义辩证法的老李跟他一块儿去了。他两个在那里看了样机，签了合同，让人家小酒一灌，交了钱。人家说样机你们都看到了，彩电是有，关键是这个车皮的问题，你们回去赌好儿吧，两个月之内保证将彩电运到，让老区人民春节看上彩电。他两个颠儿颠儿地就回来了。那个老李回来说："好家伙，这一趟出去跟出了趟国一样，见老鼻子世面了。操它的，那次要不是我，这个老张就让个小姐给拽走了，看不出个火候来，年纪也不小了，还说这个潮那个潮呢！"

不想两个多月过去了，还没见彩电的影儿，眼看春节将近，那些付了款的天天挤到他门儿上要彩电，有的就要退款，他急了，又窜去了。

我爱人告诉我，春节之后小宋可能要辞职去承包照相馆，现在已经跟文化馆那个照相的开始装修房子了。我说："就是他业务还棒点儿，他一走不毁了吗？一个广播站播出音来要都'播音晚了'，那可不像回事儿！"

"人家是临时工，想干就干，不想干就走，人家不走，具体问题你能给人家解决吗？听说小梅也要走呢！"

"她上哪走？"

"她爱人已经确定转业了，可能要跟他回原籍！"

我有点急："这怎么行，这不纯粹拆我的台吗？"

我爱人就说："你怎么知道是拆你的台？我看你最近又怪胀包，操心怪多，就像你真当上局长了似的，你管得着吗？该操心的你不操心，不该操心的你瞎操心，眼看春节就要到了，你还不置办年货啊？"

第二天我问小梅，小梅说："是有这个打算，老冷已经回原籍联系去了。"

"你非走不可吗？"

她说："我也不愿意走，不管怎么说，这个单位还不错，同志们之间也挺融洽，可他是排级干部，实行哪里来哪里去，不回去怎么办？"

我说："我要是给他跑跑，在这里给他安排呢？"

"那就不一定走。"

我找着牛满山，强调了一下播音员是特殊人才，编辑好找，播音员难寻，你别看她"播音晚了"，可要找她这个水平的还真找不出来。而那个不"播音晚了"的是个临时工，要解决他的具体问题更难不是？牛满山就答应研究研究，春节之后给你信儿。完了就说：哎，你们进彩电的还没进来啊？我小姨子也付了款，到你们局好几趟了，也找不着人儿！

我说："具体办这事儿的亲自去了，估计也快回来了。"

我们的小县城里过春节，原来极看重猪头，就像初秋时节极看重吃羊一样，没有猪头就等于没办年货。我那个循环圈的人当然就给我准备了一下。我原打算不要来着，一问家家都有，就要了。拿回猪头来，却又犯了愁：拔毛的问题。虽然那上面的毛大部分是拔过了，但个别地方如耳朵里眼圈儿上嘴角边及皱纹里的毛却没拔干净，还须重新拔。而要拔，用钳子是肯定拔不光，那些细微的毛你捏不住，用烧红了的铁棍儿烙呢？猪毛的根儿又出不来。据说可用松香拔，问题是我和我爱人谁都没拔过，两人你靠我挨谁都不想动手，快到年根儿了那东西还丑陋地在旁边儿等着。我爱人看见那个丑陋的东西就嘟囔："你还不拾掇啊？"我为了提高她的积极性就说："这件事由你具体负责！"她就说我没用，"连个猪头都不会拾掇，谁家不是男的干呀！"我说："你干吗不找个会拾掇猪头的呀？你当初可没声明对方须会从猪头上往下拔毛还须会翻猪大肠儿什么的！"正这么吵着，小陶来了，他说："是让猪呀头愁住了吧？一个作呀家撅着个屁股在家里拾掇猪呀头，传出去确实也不好呀听！"说着就帮我拾掇。我知道了那个鸡蛋游戏的故事之后，虽然对他一直警惕着，但拾掇个猪头恐怕还不至于出什么事儿吧？又不是咱请他来的。

用松香拔猪头上的毛是这样：把松香熬成液体之后，浇到有毛的地方，待松香凝固了，再把它掰下来，这样就把粘到松香上的毛一块儿给拽下来了。这事儿说起来简单，做起来就不那么容易，问题是你往下掰的时候松香很容易碎，还须不断地拿棍儿蘸一些液体的松香将它们黏合住，而后再往下拽。小陶一边拽一边说："大干部和名呀人要比一般人少吃好多呀东西，你就比方猪头呀肉吧，要是吃谁呀来拾掇呢？别人拾掇还不放呀心，自己拾掇又太呀掉价，干脆就不呀吃了，所以还是过一般老呀百姓的日子呀好！"

他很快就拾掇完了，又利索，又干净。他又告诉我煮的时候最好跟猪蹄儿一块煮，而后将它们切碎打成冻儿，要比单吃猪头肉好多了。

这件事情做完了，便觉得心里踏实了，充实了，物质准备丰盛了，这个春节肯定过得错不了。

那个老张除夕傍晚才回来，他一进宿舍就抱头大哭。一问情况，果然就不出所料，那边儿确实就是个皮包公司，人家拿着他的钱当了周转资金，而原先让他俩看的彩电是别人的。还不错，十八万要回了九万。我为了安慰他，当时就拍了胸脯："那一半儿春节之后我帮你去要！"他一下就给我跪下了："你说话要算话啊，你一定要拉我一把啊！"我将他拽到我家，让他吃了饭赶快回去，大过年的，家里的人不知急成了什么样儿呢！他说："还过什么年啊，回什么家啊！"我好说歹说，他才匆匆吃了点东西骑上自行车走了。外边儿雪花飘着，冷风直刮，他家离县城一百三十来里地，这一路该是怎样的心情啊！

年初一我到牛满山家拜年的时候，牛满山告诉我："那个女播音员的爱人叫冷什么来着？我看问题不大啊，今年的军转干部主要是充实公检法，安排到检察院怎么样？"

我将这事儿告诉给小梅，她两口子都挺高兴，那个老冷说："到底也是部队回来的同志啊，关心人；来，哈（喝）酒！"

春节之后两件事：一是走亲戚，二是轮流吃。我在那个循环圈里轮流着吃到初六，还没轮完，那个老张回来了。我把跟他一块儿去南方要账的事跟王局长说了说，王局长说："行，怎么着都行！"我们初九就上路了。

这一趟要账就要了近一个月。麻烦的是跟老张签合同的这家公司也让另一个公司给骗了。几经周折，终于通过银行从那两家公司的往来账目上扣下了七万，剩下的两万确实也不好要了，那个皮包公司的经理破罐子破摔草鸡了，说："你们把我送到公安局吧，我不想活了，要不我家还有两三千斤甘蔗你们拉走吧！"老张也烦了，别无高招儿，我们让他写了两万块钱的欠条就回来了。老张还挺高兴，路上有说有笑，说是："服务部如果搞承包，你要还信得过我，就让我挑头，不出半年这两万块钱保证能赚回来，把这个窟窿给堵上。"

我心想这倒不失为一个好主意。

老张问我："你出来的时候，小宋没跟你说辞职的事儿啊？"

我说："没有哇！他辞职也不需要跟我辞啊！"

他就说起了"前年秋月朗"的故事：

小梅刚来广播局的时候，他俩关系挺好。小宋为教她播音可是费劲了，小梅小学没毕业就进了吕剧团，文化水平很低，连个字典也不会查。小宋就从汉语拼音和绕口令开始一点一点地教她。他两个在那个小播音室里整天碰头搭脸耳鬓厮磨，天长日久彼此有些好感生出来也是可能的。加之当过演员的人也怪开放，拿着打情骂俏搂肩搭背不当回事儿。天又怪热，两人穿的又挺少，那些绕口令的内容又不很健康，两人一时情动做些搂搂抱抱的事情也是免不了的。小宋当然也不是好东西，他这样想，我宋传喜这么有水平却是个临时工，这女人吗也不行倒是个干部，这世界真他妈不公平啊。他就把小梅习以为常的一些小举动当成了挑逗，把小梅给糟践哭了。小梅一边哭一边骂："你个流氓啊！我告你个小舅子！"小宋嘿嘿一笑："你告去吧，谁来调查我就放放这玩意儿给他听！"原来录音机还开着，他将全过程都录下来了。打那小梅就恨上了小宋，有机会就拿捏他，羞辱他，让他熰鸡毛，剥兔子皮，他则不怀好意地朗诵："不见前年秋月朗，订了三家条约？"

我问老张："这么详细，你是怎么知道的？"

"是小宋自己说的呗！"

我心里觉得怪真实，嘴上却说："那就不一定准，也许他是故意贬损她呢！"

老张就说："也可能。"

当我俩回到广播局的时候，广播局的班子已经调整完了，新领导已经走马上任了。你想不到是谁来当局长：那个唐巴狗！王局长果然就当了调研员。除郝局长继续当以工代干的副局长外，又调来了两个副局长，一个专职党组书记和一个括号里面写着副局级的工会主席。这个工会主席就是小贤的丈夫，那个把广播站说成文艺单位的神出鬼没的兽医站长。这样广播局就有正副六个局级干部，领导力量加强了。小宋辞职承包照相馆去了，小梅随她爱人回了原籍，那个老李则提前退休让儿子接了班，小陶就当了编辑部副主任。我问王局长："小梅不是答应不走的嘛怎么又走了呢？"

王局长说："老唐来当局长，她能不走？那个碴儿你不知道？"

有一次，牛满山在街上遇见我，他说："这次领导班子调整，变化比较大，主要是公社改乡之后，有些多年在基层工作的同志不好安排，就充实到县直各单位来了。"同时他给我提了四点缺点：一是在小内参上登电话记录的问题，显得不够稳重。二是播蚯蚓广告的事，有一定的领导责任。三是平时不够谨慎，让一般同志拔猪头上的毛和拾掇猪蹄儿。四是在县里考察领导班子之前买羊给同志们吃，有收买人心、拉选票之嫌。"当然喽，不一定准确喽，你仅供参考吧。"

我说："我一定好好参考"。

尽管如此，几年之后当我过起了真正的城市生活的时候，我还是怀念我家乡的小县城。有一次，我住的城市里下冰雹，我就跑到阳台上，遥望着家乡的方向由衷地祈祷：这冰雹千万别下在我家乡的小县城啊。

第三章　水　殇

　　我大姐的小叔子，我该叫他表哥的。但这类表哥跟姑舅亲或姨娘亲家的表哥不一回事儿，因为没有半点旁系的血缘关系，叫不叫的问题不大。我们那地方形容这种情况是"八竿子拨拉不着"，算是一个很远的亲戚。

　　他叫徐连城，个子不高，识一点字，对人很有礼貌，说话办事很有板眼，对京剧也非常迷恋。我偶尔去他们家一次，就听见他在那里唱："寒窑哪有菱花镜，水盆里面照容颜。老了老了真老了，十八年老了我王宝钏。"听上去很凄切、很有味儿。但他那个山庄太小、太偏僻，请不起戏班子，他若听说哪里有唱戏的，方圆三十里以内，他一般都要窜了去看。那种迷恋与执着，让你觉得他生不逢时，英雄无用武之地。

　　他于二十三岁的时候，瞒了年龄当兵去了。临走之前，他家给他定了一门亲事儿。女方是沂河那边儿东里店的杨辉，那年十七，模样儿很周正，皮肤很细白，身材很苗条，从名字上看好像还有点文化似的，其实她不识字。东里店是个大镇，人多地少，那阵儿又不兴搞商品生产，光知道种粮食作物，她家的生活就很困难。她如果识点字或生活不困难，肯定也不会嫁到那样一个小山庄去。

　　那个小山庄的生活当然要好一些。原因是山上的地块儿都很小，不好丈量，明明是三百亩，他给你报个二百亩你也没治。加之领导班子的觉悟又不高，一贯瞒产私分的些主儿，吃粮的问题自然就好解决一些。但吃水麻烦，须到山下去挑。这庄的井绳特别长，你要挑一担水，其实带一只水桶就够了，那头儿你挂条井绳保证能使担子平衡。这是个缺陷。可杨辉经常吃不饱，她对粮食更感兴趣一些，对水的问题就没有考虑。

　　他二位婚订得很顺利，几乎是一见钟情。只是我大姐那个太阳穴上永远贴着膏药、永远哼哼唧唧不是这里疼就是那里痒的婆婆，对她的名字不怎么感兴趣："扬灰？兴火葬啊这是，火葬就是人死了，灰扬了。"好在她只是背后说了说，没传到杨辉耳朵里去。相完了亲，我表哥可能寻思自己是快要当兵走的人了，不妨学学公家人儿的样儿，遂领她这山那山地散了散步，其实就是转了转。转的时候具体怎么个情况不好研究，你从后来他庄上几个不着调的人模仿的两句诗上，可揣测个一二："小妹今年才十七，再过四年不怕你。"——这有点胡啰啰糟践人了，一个不识字的姑娘，又是头一次见面，她再怎么触景生情吧，可能说出这个来吗？不足为据。但我表哥唱过"老了老了真老了，十八年老了我王宝钏"定了。后来她二位两地生活，她开始无缘无故地烦躁不安并骂徐连城这个舅子的时候就说是："什么不能唱啊，单唱他娘的《武家坡》！薛平贵窑不就一别十八年吗？"

他二位从定亲至结婚的三年间，我正在东里店上初中。有天傍晚，我们在操场上等着看电影，杨辉就去了。她老远地看见我，喊了一声"表弟——"。她的声音不小，初中生们又都处在个最要命的年龄，而表弟的称呼也最可疑，这么一个说大不大、说小不小的女生守着那么多人喊我，就把我丢得够呛。我在一阵交头接耳及嘻嘻哩哩的说笑声中走出去，故意大声地："哟，是表嫂子！来看电影啊？"她脸红红地："你小声点儿。"说着即把我拽一边儿去了。

正是槐花盛开时节。操场旁，树丛边，一簇簇雪白的槐花散发着浓浓的甜丝丝的芳香。远处放映机旁的灯光朦胧着照过来，使得她那好看的脸格外柔和生动；她穿一件半袖的素花上衣，胸脯很秀丽，胳膊很圆润，脸上的红潮仍未退去，鼻尖上渗出些细密的汗珠儿——整个一个女学生的气质。那一会儿咱的脸上也似有热潮涌动，心里竟有点为她抱屈：这个女孩儿毁了，找了那么个山杠子。

她显然也有点不好意思了，但还要故作大人样儿，她拽拽我的衣领儿，说是："刚才我让你不好意思了吧？"

"没、没什么，咱们又不是谈恋、恋爱。"

她笑笑："你们中学生谈恋爱的怪多是吧？"

"胡啰啰呢，都是些毛孩子，谈狗屁呀！"

"还不承认，没听说吗？'沂北一中，恋爱成风'？"

"没听说，哎，我去给你搬个凳子吧？"

"算了，我站着看就是，放什么电影？"

"说是《红霞》呢。"

"我看过，没啥意思，坏蛋追上来了，那个红霞不赶紧跑，还在那里唱，纯是胡啰啰儿。哎，你表哥最近来信了吗？"

"我怎么知道？他来信应该先给你来呀！"

她不好意思地笑笑："到底是中学生，还怪会讽刺人呢！礼拜天你去你大姐家吗？"

"没打算去。"

"我想去看看，寻思跟你同路来着。"

咱竟然又改了主意："那就去吧。"

那个电影还真是没啥意思，翻来覆去地就是唱。好人唱，坏蛋也唱。我后来才知道，歌剧这东西就是要唱的，情况越紧急越要唱。

礼拜天，杨辉即与我一起到那个小山庄去了，一路无话。

去了，我才知道，她是让我大姐告诉我替她给我表哥写信的，绕了这么大的圈子！于是就在我大姐家的过道里开写。我写信的时候，一帮娘们儿连同喜欢在女人堆里混的个聋子就在旁边儿当参谋，这个说："开头儿当然要写'亲爱的徐连城'了。"

那个说："要那个'徐'干啥，干脆就是'亲爱的连城'多亲、亲切！"

那个聋子听个一句半句的就跟着嘟囔："嗯，亲爱的连城对。"

"完了，再写'吃饭了？'"

"山杠子去吧你，写信还有问吃饭的？应该是'你好！'"

"接下来就是'来信收悉，内情尽知，知你一切都好，我很放心了'。"

聋子还按着开始时的思路说："亲爱的连城对，嗯，那家伙看着不聪明，实际上是哑巴吃饺子——心里有数，书上管这种情况叫什么愚来着表弟？"

我说："大智若愚。"

"嗯，大智若愚对，这词儿是怎么编的来，看着不聪明，实际上怪聪明，那回俺俩去偷摘徐尿壶家的李子，正摘着徐尿壶来了，亲爱的连城看见了，也不吭声，自己窜了，结果徐尿壶逮着我一顿臭骂，太大智若、若愚了，那个徐尿壶也是个老抠，吃他几个熊李子跟抠了他的眼珠子似的，哎，徐尿壶你认识吧？就是徐九子，长得跟尿壶似的，抽空我领你去狠狠偷他个婊子儿的……"

他们这么三啰啰两啰啰就跑了题儿，根本没有杨辉插言的机会。我大姐就说："算了，你俩另找个地方写去吧，别让他们胡掺和了。"

我俩就到我表哥先前住的屋里写去了。

他那个屋很干净，很凉爽。偶尔有只蜜蜂飞进来，翅膀柔和地响着。过道里的聋子在说一个谜语："四耳朝天，八爪着地，中间一根转轴，两头儿透气。"那些娘们儿在那里不着边际地胡猜八猜，不时地就爆出一阵笑声。杨辉也听见了，问我："是什么？"我说："是狗吊秧子。"她咯咯地就笑了，完了说是："这个聋子真有意思，这里的人都怪有意思是吧？"

也许是刚才笑的，也许是单独跟我在一起有点小紧张，她两颊绯红，鼻尖上渗着汗珠。领口处露出的三角区是那么白嫩，胸脯又是那么秀丽，就让咱的眼睛不敢直视。她说，亲爱的连城还是要要的，在来信收悉，内情尽知，知你一切都好，我很放心之后，另起一行写："短短三天的相处，你给我留下了很深的印象，你走了两个月零十六天了，不知为何只收到你一封信，是你工作忙，还是邮路不通？新疆那地方就那么远吗？你走后的这些日子我没有一天不想、想你，晚上常常睡不着觉，爱、爱情原来这么折磨人啊！你该笑话我没出息了吧？可我能控制得住，我只要你好好的，别把我忘了。你说在部队吃得饱、穿得暖，要好好干，积极要求进步，这是对的。但凡事要大智若、若愚，注意安全，不要发生危险。要知道，你的身、身子不是你一个人的。再另起一行，注意，你上次把我的手腕儿攥疼了，好长时间都还有点发青呢，可我愿意保持着这点疼痛和青色，直到你回来……"

我就领略了恋爱中的少女是何等的美丽，心思又是何等的细腻，她虽然不识字，说出话来却有点小诗意，还"注意"又是"保持着这点疼痛和青色"什么的。你也不知道，短短三天的相处，怎么就会有这么深的感情！当然，我一个十四岁的少年也让她腐蚀得不轻，写完信后的几天里，我竟做了好几次醒来让自己不好意思的梦。完了，她央求我说："你不要笑话我好吗？也不要跟别人说，谈恋爱的信都这么写，你长大了就知道了。"

我问她："你多大了？"

她说："十七。"

"十七就这么有经验啊？"

她脸上红一下："看看，不让你笑话我嘛你还笑话！我是跟人家学、学的！"

"你放心吧，我不笑话你，也不跟别人说。"

她就摸弄一下我的头发，很亲热地说是："我什么也不避你。"

我当时就想，这个人要是上点学了不得，能才华横、横溢。

写了一封信连同替她保着密这件事，竟让我涌起了一种亲近感，好像跟她有了至爱亲朋的关系似的。回东里店的路上，我问她："你干吗不上学呢？"她说上过两年，家里人口多，挺困难，就下学了。过沂河的时候，她就让我给她看着人点儿，将外衣全脱了，只穿着背心裤头儿，在那里洗来洗去。咱偶尔瞥那么一眼，心里就扑腾扑腾地跳。之后，我说："你很、很漂亮。"她脸红红地笑笑："是吗？漂亮顶不了饭吃，你长大了会找一个识字的比我还漂亮的好姑娘。"

此后，还替她写过几封信，都是老一套的内容，不必细说。

我到县城读高一的时候，我表哥提了干，他二位就结了婚。杨辉结了婚即怀了孕，而后又单独过，吃水的问题就提到议事日程上了。我说过，那个小山庄吃水要到山下挑，光是井绳她就拿不动，更甭说要挑水上山了。她的生活用水一般都是我大姐夫挑。按说她一个人过日子用不了多少水，但她在一个从来不把吃水当作问题的大庄上长大，大手大脚地用水惯了，又比较讲卫生，天天还洗脚刷牙什么的，衣服洗得也挺勤，那就比一般人家多用好多水。她婆婆就看不过去，说她公家人儿似的，天天弄个刷子搁嘴里捅来捅去，到底不是自己挑水，可惜呀，小姐的身子丫鬟的命呀。那个小山庄的娘们儿做针线活的时候喜欢凑成堆儿，一凑成堆儿就扯老婆舌头。杨辉婆婆的话肯定有人传给她了，她听了就几天不洗脸，更不敢洗脚刷牙什么的了。另外天长日久的，我大姐夫也总有不在家或有其他事儿的时候，不可能永远供应得很及时。她就自己硬撑着去挑。那么深的井，她根本就不会将水桶翻来翻去地让它灌进水去，灌进去也提不上来，更甭说挑了。就愁得她一个人坐在井台子上哭。有人看见当然要帮她挑回去，她婆婆见了就脸不是脸鼻子不是鼻子地说她故意出徐家的洋相："徐家没人了吗？都死绝了吗？"弄得帮她挑水的人也下不了台，以后遇见也不敢再帮了。

有一次，她自己又去挑，挑了各半桶水，路上还摔倒了。这一摔，坏了，流产了。又是住院又是吃药的，折腾了三四天。我大姐在医院里侍候，当然也说她："自己不行，又这么好强，那还不受罪呀！"她这人谈恋爱"说"信的时候怪能说，还有点小诗意什么的，但具体过起日子来就不行了——这也说明，她说的那些内容确实是跟人学的。她自己遇到事儿还真不善于表达自己的想法，有话说不出，想跟丈夫诉诉苦还不会写信，老搁心里憋着。憋急了就跟我大姐哭一通。那年暑假我去看我大姐，就发现她偷偷掉了好几次眼泪。有一次，我替她给表哥写信，她骂一句"徐连城你这个舅子呀，坑死你姑奶奶我了——"就哭了。泪珠一滴一滴的，很大。只有憋屈了很久的泪珠才会那么大。

那次写完了信，她说是："你在这里避、避暑做作业吧？"

"做呀。"

"以后上我这儿做好吗？"

"为啥？"

"我这里有写字的桌子，没人吵，也能跟我说、说说话。"完全是一种恳求的目光和神情，让你不忍拒绝。我那次在那里住了半拉月，就几乎天天去她那儿做作业。

下雨了。表嫂高兴了，哼起小曲来了。

我说："看把你高兴的！"

她说："下它个三天三夜才好哩。"

"有什么好的？"

"下它个三天三夜，黑石崖底下的泉水就能冒水了，上年才下了两天，那泉水就冒了个把月。"

"我知道那地方。"

"哎，你那天写信，真把我骂徐连城你个舅子的话也写上了吗？"

我笑笑："写上了，你不是非让我那么写不可吗？"

她一下着急起来："你这个表弟，我让你写你就写呀？还是高中生呢！"

"骗你的，我还能真那么写呀！"

她就在我脸上亲一口："嗯，这还不错。"

雨还在下着，她开始用脸盆接屋檐下的雨水，擦桌子、擦窗台，到处擦："你们学校里管这活叫打扫卫生是吧？"

"嗯。"

"我就喜欢打扫卫生。"这时候，她脸上就又露出了女学生般的表情，很天真，很恬静。让人觉得她不是你的表嫂，而是你的女同学。

　　天晴了。那个叫作黑石崖的底下还真是冒出了一股泉水，上边儿则有一个小瀑布。那地方在另一个山坳里，离小山庄有半里地，但不需要上坡下坡，女人孩子的就都到那里去嬉水洗衣服。

　　那股泉水冒出来之后，杨辉吃水的问题我给包了。可她仍然几乎天天到那里去，不是洗这儿，就是洗那儿。实在没得洗了，就故意藏起一个水桶来，跟我一起去抬水。有时候，她会跑到那个小瀑布的旁边儿，抚摸着那瀑面，欢快地啊、啊地叫着："看，多好！跟绸子样的，要是永远这么淌就好了。"孩子似的，很天真。我还没见过有她那么喜欢水的人，简直是须臾不可离。

　　我们一起抬水的时候，那个说谜语的聋子见了，就在旁边说山东快书：

> 说了个大姐才十七，
> 四年不见就二十一，
> 找了个丈夫整十岁，
> 不大不小就差十一。
> 这一天小两口一起去抬水，
> 一头高来就一头低，
> 小大姐后边儿一使劲儿，
> 把小丈夫撅到了泥沟里……

　　杨辉听了就笑得咯咯的："你这个老骚狐啊！纯是个老骚狐。"

　　这天中午，我正在那个黑石崖上的小瀑布下冲澡，杨辉又端着洗衣盆来了。我赶忙跑出来穿衣服，她笑着说是："还不好意思呢，有多大了似的，继续洗你的呗。"

　　"我冲、冲完了。"

　　"水凉吗？"

　　"不太凉。"

　　"那你给我看着人点儿，你不洗我洗。"

　　她就麻利地脱了个一丝不挂，钻到瀑布里了。她那么轻、轻率，那么放心！咱竟生出一种骨肉般的亲情及责任感，替她担着生怕来人了的心。我四处寻摸了一会儿，就背朝着她坐到树荫下了。她在我后边儿一边洗着还一边自言自语呢："啊，真痛快啊——"我偶尔一回头，就发现那个小瀑布的上空，有一轮淡淡的彩虹；而水流直泻到她洁白的身上，溅起的水花也是五颜六色的了……这真是个纯洁而又不设防的精灵啊！

中午的太阳直射着，远处山冈上一群雪白的羊儿卧在地上，像一簇簇的白蘑菇，一动不动；蝉儿们不住声地叫着，草丛里有只毛毛虫子在蠕动，我身上不知什么地方就刺痒起来，心里也有点烦躁……杨辉竟哼起小曲来了："小姐我这边正洗头，墙那边扔过一块大砖头……"咱气呼呼地说了一句："快洗你的吧。"她乖乖地就出来了。

她穿好衣服，披散着湿漉漉的头发蹲到我的跟前了："怎么了？生气了？"

"我生什么气？"

"不生气干吗这么说话？"

"你不怕来人啊？你瞧那群羊，那个不着调的聋子，说不定就在什么地方瞅你呢！"

她不在乎地："瞅去！"

一会儿，她说是："我老了是吧？"

"不老。"

"真的？"

"真的。"

"有水的日子多么好啊——"

……

那个小瀑布日渐细小，待我从那个小山庄离开的时候，就只有水珠儿滴落了。

杨辉的吃水又成问题了，我大姐夫当然就继续给她挑。可她老觉得整天让个大伯哥挑水不是个事儿，而那个放羊的聋子相对清闲一点，还时不时地在她旁边儿转来转去，遂经常支使他挑。聋子也乐此不疲。杨辉又是个知恩图报非常热情的人，聋子给她挑水，她便给他缝缝洗洗什么的，偶尔还会留他吃顿饭。但那聋子声誉不佳，长得其貌不扬不算，说起话来还吹牛扯淡。你比方天上如果过一架飞机，他就要大惊小怪："毁了，第三次世界大战要爆发，有福赶快享，有好东西赶快吃。"他说，徐连城当兵的那地方的女人随便，那家伙大智若、若愚，肯定少不了干坏事儿，累得个舅子呼哧呼哧的。

我始终不相信杨辉会跟他有什么事儿。她纯洁，不设防，不怎么有心眼儿，又对人热情，跟他说说笑笑打打闹闹是可能的，那种事情则还不至于。不着调的聋子也未必有胆量。但他说起话来吹牛扯淡，虚虚实实，她一热情，他再自作多情地出去一吹，一些谣言就出来了。比方她男的不在家，把她给燠急眼了，找相好的也顾不得挑了；还有时间地点，她身上哪个地方有个痦子什么的。每一个谣言传到她耳朵里都可以让她得神经病。她后来果然就得了神经官能症。

我高中毕业，赶上了"文革"，参军去了。临走的时候我去给我大姐辞行，又见了杨辉一次。她面皮焦黄，神色憔悴，一看就是有病的样儿。她当然就对我挺热情，跟我说话的时候就把我拽到一边儿，挺神秘地趴到我耳朵上说。我以为是什么机密的事儿来着，其实只是问我："来了表弟，听说你要当兵去呀？好铁不打钉，好男不当兵，好好的个人当什么兵啊，八抬大轿来抬咱也不去，啊？"说着竟掉了眼泪，之后扭身走了。吃饭的时候，她也没再过来。我大姐说："她是让人请走了，给人家跳大神儿去了。"我心里就有种说不出来的味儿。

若干年后，我表哥从部队转业，被安排到一个公安部门去了，杨辉及孩子们也跟着给安排了。有一次我顺路去看他们，杨辉红光满面，气色挺好，说起话来粗声大嗓，也不神神秘秘的了。她还当着我表哥的面在我脸上狠狠亲了一口呢！而后她指着正哗哗流水的自来水龙头说是："看，多好！什么声音也不如水声好听。"我在她家半天，那水管子就一直开着。我问表哥："怎么这么浪费？不知道节约用水吗？"我刚要给他关上，我表哥说："你千万别关，一关上她就要犯病！"

我不禁暗暗称奇。可过后一想，虽多少有点理解，心中却不免平添了莫名的怅惋。

第四章　温柔之乡

一

那年春天，钓鱼台大队妇女主任王秀云吃野菜吃得脸肿了，她未婚夫杨文彬则给下放到钓鱼台安家落户了。杨文彬到钓鱼台的当天晚上支书刘曰庆还开了个小会欢迎他。刘曰庆将他递过来的介绍信连看也没看就给了会计，说是："你那点事儿大伙都知道，不就是对大炼钢铁有看法吗？我也有看法，可咱是农民，就没把我怎么样。一样的错误放在不同人身上处理就会不一样。头年把我的书记给撸了，转年还不是又让我当了？咱没文化的想当右派还当不上哩。再说咱们农民也没处下放是不是？下放到哪里也还是农民。其实当那个脱产干部有什么好？七级工、八级工，不如咱老百姓一沟葱。想当初曹文慧、袁宝贵动员刘玉贞当刘玉贞还不当哩，这叫有个志气。你记住一条儿，在咱农村你只要本本分分地做人，一不杀人放火，二不做贼通奸，那就不会受歧视，那就是好群众。以后钓鱼台就是你的籍、籍贯了，说话办事儿都不要拘束，该怎么活还怎么活。眼下大伙儿的日子都不怎么好过，口粮挺紧，你先从保管那里领三十斤地瓜干儿吃着，哎，老韩哪，你散会就给他送过来，唵？待新粮食下来保证亏不着你，一个人省一口你一年也吃不完。咱山里穷，可内、内容多，富不容易富起来，穷也穷不到哪里去。我看你干活也白搭，就到试验队去吧，全庄就数试验队的活还轻快点儿。先安顿下来，歇息两天，甭急，活儿是永远干不完的，你看这么安排行吧杨秘书？"

刘曰庆说这番话的时候，杨文彬的眼四处寻摸了一圈儿，连灯影儿里也看了，没看见王秀云。他寻思王秀云是不当干部了，还是看咱下放了不啰啰咱了？正这么寻思着，听刘曰庆还叫他杨秘书，他愣怔了一下就说是："我早就不当秘书了，到财贸系统也快两年了，以后就叫我小杨吧！"

会计兼团支部书记刘玉华说："你谦虚、客气！叫什么还不一样？叫惯了杨秘书一下子改口还改不过来哩，要不就叫杨财贸?！"

保管员韩富裕说："叫杨才貌行，才貌双全嘛，这么年轻就当右派那还不杨才貌?"

众人哈哈了一会儿就散了。

刘曰庆离开大队部的时候，悄悄告诉杨文彬："王秀云没来是脸肿了，她现在不当队长当妇女主任了。"

杨文彬心里咯噔一下："怎么肿的？"

"吃槐树叶子吃的。"

杨文彬要去看她来着，刘曰庆没让他去。他就寻思王秀云有点小虚荣，她正肿着个脸你去看她，她是有点不好意思不假。

一会儿，韩富裕过来送地瓜干儿，顺便捎了两个咸菜疙瘩给他。韩富裕说："你来了就好了，到冬天再办宣传队就热闹了，去年那些节目都一般化，赶不上你那年编的那个好！"

杨文彬问他："你的个人问题解决了吗？"

"解决了，我接连参加了三年宣传队才解决，农村也就是办个宣传队解决起来方便些，试验队也行，试验队里女的多！"

"你爱人是哪个呀？"

"刘乃英！就是刘曰庆家那个二闺女！"

杨文彬想了想说是："嗯，有印象，长得不错嘛，怪小巧玲珑的个女同志！"

"还小巧玲、玲珑呢！早成邋里邋遢个娘儿们了。哎，你跟王秀云还不解决呀？年纪也不小了。"

"这就看人家了，不知人家还啰啰不啰啰咱呢！"

韩富裕说："还能不啰啰？过去她为了你连公社副主任都丢了，你现在落了难，那还不更得好好啰啰？"

"她脸肿得厉害吗？没别的毛病吧？"

"厉害是怪厉害，肿得跟发面饽饽一样还能不厉害！没听说有别的毛病！"

当晚，杨文彬即在日记中写道：一，开欢迎会一次。此地对摘帽右派不当回事儿，盖由山高皇帝远孤陋寡闻也。二，秀云脸肿了，久之，不知影响其健康及容貌否？

二

杨财贸下放劳动还怪自觉。第二天一早,他煮了点地瓜干儿吃上,就扛着锄头去试验田了。锄的是麦地。他这里一垄还没到头儿,那头儿小调妮儿、刘乃英、王艳花等一帮儿就来了。她们远远地看见他在互相打听:"那是谁呀,来得这么早!"

已是少妇模样的小调妮儿就说:"可能是杨秘书,他到咱庄落户了,昨天下午来的!"

刘乃英说:"是个落难公子呀!"

王艳花说:"秀云该办喜事了。"

待他往回返,她们也往那锄,双方交叉相遇的时候,就都挂着锄头互相打招呼。她们让他悠着点劲儿,不悠着点劲儿半天就累趴下了,一累趴下就把秀云给疼毁了。"哎,你见着秀云了吗?"

他脸红红地说:"还没哩!"

小调妮儿就说:"这个秀云也是!肿个脸谁也不让见,唯恐影响了她的形、形象!"

王艳花说:"人跟人就是不一样呢,我吃槐叶就不肿脸,吃什么也不肿脸,猪一样,就是——毁了,我得去解个手!"说着急燎燎地窜到试验田中间的窝棚儿后边去了。

女人们一阵笑,杨财贸也情不自禁地笑了。

窝棚儿的旁边儿有棵大柳树,大柳树的下边儿有口安着水车的井,休息的时候女人们就轮换着推着水车喝凉水,而后就坐在树下的井上了撩起大襟儿来擦嘴扇风。王艳花朝窝棚里喊了一声:"王德宝,起来!你这个试验队长当的!太阳都晒到你腚了!"

不一会儿王德宝眯缝着眼就出来了。他伸伸胳膊打个哈欠,不好意思地说是:"太阳都晒着腚了不假,嗯,乃厚嫂子你以后也要注意,说过多少回了,不准在这后边儿拉屎撒尿嘛你还撒,就隔着张席,臊烘烘的受得了吗?"

王艳花也不脸红,说是:"你怎么知道是我?你不是聋吗?眼神儿不好使吗?"

"白晃晃的个大肥腚不是你是谁?眼神儿不好又不瞎,哧哧的声音那么大还能听不见?再说我的鼻子又没问题,嗅、嗅觉灵敏!"

"你个小没良心的,忘了谁挤奶水给你治眼了吧?早知这样不给你治了！"

"嘻，做那么点小贡献，还提起来没完儿了呢！哎，这不是杨秘书吗？又下来写材料啊？"

他俩磨嘴呱嗒舌的时候，杨财贸就注意到窝棚里还有张床，旁边儿放着些种子农药喷雾器什么的，他是在这里护坡的定了。王德宝问他，他就说："写什么材料！我下放了，也早不当秘书了，干财贸！"

王德宝说："财贸工作很重要，嗯。"

杨财贸笑笑："算是吧。"

"你怎么给下放了呢？"

"这事儿太复杂，三句两句的跟你雪（说）不清楚！"

刘乃英说："你那年编的那个节目不错，二胡拉得也怪好听，下午把你那个二胡拿来，歇歇儿的时候拉拉！"

杨财贸说："你是韩富裕的爱人吧？"

刘乃英嘻嘻地说："还爱人呢！是他屋里的！"

"还参加宣传队吗？"

"都成娘们儿了还参加那个干啥？那玩意儿也就是没对象的时候参加参加，谈个恋爱了什么的方便，去年王德宝也参加了呢，是吧王德宝？"

王德宝正赶上聋的那阵儿，刘乃英问他的话他没听清，见大伙儿都看他，他就按原来的思路说："好家伙，财贸工作很重要，这可不是闹着玩儿的！"

大伙儿就都笑了。

杨财贸问他："参加宣传队有具体收获了吧？"

王德宝笑笑："还具体收获呢！哪能参加一回就有具体收获呀！"完了又呵斥那几个女的："还笑还笑！还不干活去，啰啰起来还没完儿了呢！"

女人们嘻嘻哈哈地就干活去了。

杨财贸的锄头是新的，没开刃，费老大劲儿才肯入土，半天不到，他的手就磨出泡来。王德宝将他的锄头在砂轮上磨了磨，他再锄的时候就觉得轻快了不少。王德宝说："怎么样？轻快了吧？这个都不懂还归李先念领导哩！"

吃了午饭，杨财贸早早地就带上二胡去试验田了。先到的女人们让他拉上一段，他就坐在窝棚的那张床上拉吕剧《小姑贤》。他拉得还真不错，揉弦儿的那只手哆嗦得很有节奏，尾音儿也能拐弯儿。每当他拉出拐弯儿的音儿的时候，她们就笑一阵儿。吕剧过门儿中有一段音阶跨度较大，揉弦儿的那只手需从上边儿很快滑到下边儿，而后再马上提上去。女人们听了就更是惊羡不已，凑凑合合地挤到他跟前看他是怎么弄的，床上床下身前身后全挤满了。

他知道她们很喜欢听什么了。他为了让她们高兴，便着重地拉跨度很大的音阶，揉弦儿的那只手就来回滑。滑着滑着他的胳膊肘那地方有些异样的感觉——触着了一个丰满而又结实的部位。

下午再锄地的时候，旁边儿的姑娘就不时地帮他锄上半截儿了。

当晚他在日记中这么写：一，此地物质生活贫困，却首先对文化生活感兴趣，饿着肚子争论归谁领导。二，拉二胡可赢得尊敬，那部位是个姑娘的定了。

三

杨财贸到钓鱼台的第三天王秀云的脸才消肿，一消肿就显出了她的瘦削与憔悴。

王秀云的父亲王九子是个特别要脸面的人，平时不怎么说话，绝不跟任何人开玩笑，他不是不想开，而是不会。他对人也热情，但不是通过言语，而是通过表情。四邻八舍永远听不到他家的任何声音，跟没人住似的。有一次他家的锅屋从里边儿着了火，眼看着要着到屋顶了，王秀云急了喊了一声，她爹就训她："喊什么喊！喊的工夫自己就救了。"他家的孩子们互相争吵声音也很低，谈心似的。你在旁边儿看着他们表情很激动，嘴唇动得频率很快，那就是吵架了。他家的孩子都不会骂人，气急了，骂出来的最厉害的话就是："你觉着你怪能啊！"其实根本算不上骂的。

庄上的人就评价这家人家有礼有貌，不多言不多语，忠厚老实，和睦融洽。他要真干了坏事儿，谁也不会认为是他干的。

王九子试图万事不求人，能力又达不到，就格外吃许多苦，遭许多罪，受许多尴尬。他家人口多，生活困难，可他绝不说。在家吃了地瓜干儿，出去跟吃了白馒头似的。你也休想从他家孩子们嘴里套出任何话来。杨财贸后来跟这个家庭的成员都熟悉了的时候就说："这家人家特别适合做保密工作。"

庄上的人知道王秀云的脸肿了，是因为公社让她去开会，刘曰庆去她家送通知来着发现的，她娘说："不要紧，不是什么病，是吃槐叶豆沫儿吃的，不让她吃她非吃不可。"王秀云连着几天不出工，有人问起来，刘曰庆就给说出来了。

杨财贸后来这么形容王九子及其家庭：他说王九子这个人是蚊子叮在脸上要了命，锥子扎在肚子上绝不哼哼。他那个家则是穷困潦倒，死要面子，有大家的气氛，无大家的内容。

这样的家庭出来的王秀云就多少有点大家闺秀的味道。她是姊弟六个中唯一的女孩儿，在家说一不二，一副大管家的神情，出来则有板有眼有礼有貌，含羞而不娇，含威而不露，你想不到这么一个持重自守的小女子，会在杨财贸被补划成右派的时候宁愿不当那个公社副主任也要跟他恋爱。她这一手就格外让人喜欢，格外令人敬重她的人格。

杨财贸下放之前曾跟她商量，先结婚再来钓鱼台落户，这样比较名正言顺。可她要命也坚持麦收之后再结婚，请个客什么的方便些。他就知道她家确实是困难。

这天晚上，王秀云就约着小调妮儿去大队部看他了，他不在。小调妮儿说："那就是跟王德宝做伴儿去了，下午干活的时候他好像说过！"

两人到试验田那个窝棚儿的时候，他果然就在那里。王德宝正跟他啰啰"共产主义"的问题："……现在看来这个共产主义进程要放慢了吧？三十年怎么样？三十年不行四十年呢；五十年总该可以了吧？如果五十年能行咱差不多还能看见，活一辈子看不见个共产主义，多窝囊啊，是吧？"

杨财贸笑笑："是怪窝囊不假！"

"哎，你以后说话别雪啊雪的，王秀云最恶心你雪啊雪的了。"

小调妮儿扑哧一下子乐了："王德宝还会嚼舌头呢！"

杨财贸猛不丁见着王秀云挺激动，站起来想握手的样子："你——好了？"

王秀云不跟他握："好了，一点小毛病！"

杨财贸有点尴尬地说是："寻思去看看你来着，曰庆大叔不让去！"

"不让去对，你怎么样？来到之后习惯吗？"

"习惯，比我原来想象的要好得多，大伙儿对我都挺照顾！"

王德宝说："他还拉二胡呢！把那帮小娘们儿笑得嘎嘎的，干脆把试验队改成宣传队算了，农忙种地，农闲搞宣传！"

小调妮儿说："点子是不错，可人家结了婚的啰啰你呀？到时候秀云姐恐怕也不啰啰了呢！"

王秀云说："哪能呢！"

一会儿，小调妮儿对王德宝说："哎，我还忘了，玉华还找你商量点事儿来!"

王德宝不动弹,继续自顾自地嘟囔:"农忙种地,农闲搞宣传好,嗯!"

小调妮儿说:"这个死王德宝!"

王德宝说:"你骂我干啥?"

小调妮儿说:"你这不是能听见吗?"

"嘻,你骂我还能听不见?叫我弄啥?"

"你个不着调的,玉华让你到我家一趟呢!"

"不早说,啰啰了半天才想起来!"王德宝起身刚要走,王秀云说:"哎,你俩别搞这一套,我跟你们一块儿走!"

小调妮儿说:"玉华确实找王德宝有事儿!"

王秀云说:"你算了,你那点小计谋我还不知道!"

小调妮儿趴在她耳朵上嘀咕了几句,王秀云笑笑:"行,去吧!"

他俩一走,两人沉默了。月色朦胧,不知名的小虫在四处鸣叫,月色照在她长长的脖颈上,泛着青白的光。半天,杨财贸说:"你瘦了!"

王秀云苦笑笑:"难看了是吧?"

"不、不难看!"

"你也吃苦了!"

杨财贸唉了一声:"说实在的,这地瓜干儿一吃,锄把杆儿一撸,就觉得先前跟做了场梦样的,什么大炼钢铁,炼去!跟咱小百姓有什么关系?首要的是吃上穿上,看这一个个吃的、穿的!活到这份儿上还穷逗乐寻开心呢!"

秀云说:"不这样怎么办?整天愁?哭?那还有法儿活吗?你也别太悲观,咱这里再穷也没饿死过人,你再苦一段,麦子一下来咱就结婚行吧?"

他一下拉过她的手,眼睛有点小湿润:"我这一来,给你添麻烦了,什么忙也帮不上,什么东西也没有!"

"只要咱人好好的就行!"

他拥着她"嗯、嗯"着。一会儿,他问她:"你后悔吗?"

"后什么悔?"

"我一而再再而三地犯错误,到现在也一事无成一无所有!"

"你有文化呀!"

"还是没文化好,有文化就犯错误了。"

"你人长得也不错!"

"还不错呢,哪有你不错!"

"我就愿意找个有文化的漂亮男人！"

他让她说得有点情动，吻起她的耳朵来了，他嘟囔着："谢谢你！"他一边吻着还一边晃着，一会儿就把她晃得心慌气短出了虚汗。她挣扎着站起来，身子晃了几下，他赶忙扶住她："怎么了？"

她扶扶脑门儿，擦一下虚汗："起、起猛了！我该回去了，时候不早了。"

他恋恋不舍地："再坐会儿，王德宝还没回来呢！"

她深喘一口气："我要不走，他会一晚上不回来，说不定他这会儿就在附近蹲着呢，再说我爹那个人你还不了解，回去晚了不好，你睡觉的时候多盖点儿呀！"说完走了。

当晚杨财贸在日记中又记两条：一，穷逗乐乃一种活法。二，秀云未后悔，爱情更坚贞，明天拟送她手帕一块（价值0.16元）。

四

那天晚上刘玉华找王德宝还真是有事儿，他给他介绍了个对象，让他去见见面。

王德宝很是崇拜刘玉华。刘玉华嘴头子比较及时，特别能啰啰儿，抬个杠什么的没有人能比。农村人的威信有一部分是吵架吵出来的，你能临阵不怯，头头是道，能占上风，哪怕无理争三分，也都说明你有一定的水平。一般老百姓常常有理找不着地方诉，找着地方诉也诉不出，一急就更加诉不出不是？刘玉华就能。有一次王德宝坐车从县城回来，不知怎么弄的头上磕了好几个包，胳膊肘把人家的车窗玻璃也给撞碎了，碎玻璃又划破了他的胳膊，鲜血淋漓。待他下车的时候，司机就让他掏钱赔玻璃。王德宝一是觉得怪冤得慌，但不知道因为路不好车太颠胳膊肘将玻璃撞坏了的理在哪一边，二也没有钱，就露出可怜巴巴的神情一个劲儿地嘟囔："好家伙，不寻思的……"而后就把身上所有的兜儿都翻过来给司机看，证明他确实没有钱。那司机还不罢休，让他跟围观的人借。王德宝正寻摸着围观的人中谁的兜儿里可能有现钱，刘玉华背着粪篮子挥舞着粪叉子就来了。那粪叉子是金属制品，上面粘着鲜黄的黏稠物质，味儿很不好闻。他以粪叉子开道，挤进人群中说是："哎，怎么回事儿怎么回事儿？"

王德宝将过程那么一说，他将粪叉子伸到司机脸前："赔？赔个×啊？你把人家的脑袋磕出包来要不要赔？他的胳膊划破了，血糊里拉的，你眼瞎？老百姓的皮肉不值钱是不是？你还有点人味儿吗你个×养的！"

那司机为他的气势所震慑，神色有点怯："他胳膊划破了怨我吗？车颠是路不平啊！"

"路不平就该怨他？你是哪个单位的？叫什么名字？你站好！你看你那个熊样儿，领子翻翻着还戴着手套，看着像个工人阶级似的，其实没啥×觉悟啊！"

"你，你干吗骂人啊？"

刘玉华仗着旁边儿当庄的人多，越说越长脸："我骂人，我还想揍你个×养的哩！"说着将粪叉子举起来了。那司机看事儿不好，嘟囔着"有理讲理别骂人啊！"将车开走了。

王德宝当然就对他很感激。刘玉华会修锁修手电筒给猪打针，还会写诗什么的，又让他很崇拜。他认为刘玉华是个脱产干部的材料，比成立高级社那年来的那个杨秘书不差半分毫。他两个一块儿去公社砸钢珠儿大炼钢铁来着，刘玉华搞自动化磨坊让石磨砸掉了五个脚指头，王德宝让铁水把眼睛灼伤了，两人又结成了同病相怜的战斗友谊。刘玉华说什么，他跟在后边儿说什么对。刘玉华说："我一激动就想撒尿，看个好电影也想撒！"王德宝就说："一激动就想撒尿对，我也是！"刘玉华说："集体劳动好，把爱情来产生，个体劳动则不行，不管你多么有水平。"他就说："集体劳动好，把爱情来产生对，你跟小调妮儿不就是在集体劳动中把爱情产生的？"

王德宝眼睛灼伤之后曾一度很悲观，他本来就阵发性耳聋，眼睛一灼伤等于是雪上加霜。他甚至相信耳聋与眼瞎是始终连在一起的了。耳聋而不眼瞎或眼瞎而不耳聋都不正常，命该如此。刘玉华就四处给他打听偏方，他听说刘乃厚的老婆王艳花有个偏方，就找她去了。王艳花说："行是行，就是有点小麻烦！"

"什么麻烦？"

"得用人奶直接往眼里冲呢！"

"那你就行行好吧，俺？谁让你长了一对儿全世界最美丽的好奶子呢！"

王艳花架不住他两句好话，笑眯嘻嘻地就给王德宝冲眼去了。

用奶水直接往眼里冲，当然就得近距离地冲。她冲的时候就将王德宝的脑袋枕到她的腿上，一只手掰开他的眼睛，另一只手挤着奶子。刘玉华说："看！多么神圣，多么伟大！"

王艳花就说："去去去！别在这里穷酸！"

王德宝眼好了的时候，刘玉华有一次跟他开玩笑："咋样啊德宝，人家王艳花对你够意思了吧？"

王德宝就感慨地说："人这东西真是怪呀，你只要吃过或用过哪个女人的奶水，不管你过去跟她是什么关系，你都会觉得有一种恩情在里面，生出一种对母亲样的崇敬来，根本就不可能有什么邪念，我这样说你信吧？"

刘玉华就说："我信！我怎么不信！你这体会很实在，也很深刻，你是一个好同志，你们两个都是好同志！"

刘玉华跟小调妮儿结婚之后，饱汉子尚知饿汉子饥，还记挂着王德宝的个人问题，时常留意着合适的人选。这天下午，他家来了个要饭的女青年，长得不难看，穿得不破烂，饭要得也不熟练。女孩子家这种年龄正是爱面子的时候，不到实在没了办法不会出来要饭。小调妮儿正在家里淘菜，一时腾不出手来给她拿东西，就跟她有一搭无一搭地穷磨叨，问她哪里人哪，多大了，这么大个闺女家家的出来要饭多不好哇。那女孩子一一做了回答。小调妮儿就知道她叫张立萍，现年十九岁，家在广饶县，父母都去世了，哥嫂对她一般化，一人一天二两口粮，全家的不够一个孩子吃，嫂子整天说话给她听、使脸子给她看，她就出来了。

张立萍一边说一边眼泪汪汪的，小调妮儿就陪了几滴眼泪出来。三句话儿一投机，她让张立萍在她家住下了。

刘玉华收工回来，看见家里多出个不认识的女青年，正待奇怪，小调妮儿把他拽到屋里，把怎么个情况跟他一说，刘玉华就说："她有对象了吗？"

小调妮儿有点小不悦："你管人家有没有对象干吗？"

"没有对象可以住，有对象不可以住！"

她拧他一把："你要动什么坏心眼儿，你小心！"

刘玉华笑笑："想到哪里去了！我是说咱给王德宝拉咕拉咕（撮合撮合）怎么样？"

小调妮儿眼睛一亮："行啊！我去问问她！"

他将她拽住："现在还不能问，你一直奔主题，人家就怀疑咱是乘人之危，看样子她好像有点文化似的！"

刘玉华结婚不到一年还没孩子，家里拾掇得挺利索，扎着顶棚，贴着窗花，隔着套间儿。饭不是好饭，但有干有湿，地瓜面子煎饼，苦苦菜豆沫儿，还有玉米面子糊粥。

说起话来的时候，刘玉华就知道她是初中毕业，还没对象，而后就向她介绍"我的家乡沂蒙山，高高的山峰入云端，泉水流不尽，松柏青万年，梯田层层绿，水库银光闪"。那姑娘就笑了，说是："我知道，要不我就不到这里来了。"

吃完饭，那姑娘就主动刷碗扫地，这里那里地拾掇一通儿，动作很麻利，眼里很有活儿。

刘玉华原打算让她住两天休养生息一番再跟王德宝打招呼的，但小调妮儿跟王秀云去见杨财贸看见了王德宝之后没沉住气，灵机一动把他给拽出来了。好在具体怎么个精神没跟他说。王德宝见着刘玉华就说："你叫我有事儿呀？"

刘玉华愣了一下，看一眼小调妮儿说是："还非得有事儿才叫你呀？没事儿就不能来玩玩儿？"

小调妮儿说："王德宝你个傻瓜，杨财贸跟秀云两个好长时间没见面了，到成堆儿拉拉，你在旁边儿掺和个什么劲儿？找个引子把你引开，你还拿根棒槌认了针（真）！"

王德宝看一眼坐在一边儿的张立萍，笑笑说是："我估计就是这么个情况，还神秘兮兮的！哎，这是你亲戚呀？"

小调妮儿说："是我表妹！"

"哪庄的？"

小调妮儿说："广、广老！"

"是广饶吧？"

小调妮儿说："对，广饶！"

王德宝说："广饶出要饭的，不是什么好地方，赶不上咱们这里好，说话也怪难听，管人家叫林嘎，管大哥叫大锅，是吧表、表妹？"

张立萍脸红了一下，不好意思地笑笑。

王德宝说："那个杨财贸表现还不孬来，来就干活，还比较注意团、团结同志，也不雪啊雪的了。"

刘玉华说："是个有一定思想水平的同志！"

王德宝说："还真是集体劳动好，把爱情来产生哩！这会儿他俩说不定抱成堆儿啃上了！"

小调妮儿说："你管秀云可是叫姐姐！"

王德宝说："又不是亲的，早出五服了。"

小调妮儿说："他两个芒种结婚，咱送点什么东西呀？"

刘玉华说："送什么好呢？镜子，脸盆儿，还是暖瓶？"

王德宝说："我的意见是给他俩买点实用的，他们是个新家，一结婚就得自己开伙，杨财贸又×么儿没有，就不如给他们置办点锅碗瓢盆，到时候大伙儿凑凑份子，有钱的出钱，有物的出物，像笤帚盖顶儿瓢什么的就不用买，你这个当团支部书记的敛一敛就行了，到时候搞得它热闹一点儿，锣鼓什么的也敲它一家伙！"

刘玉华说："这个点子行，到底是当试验队长的，还怪关心同志呢！"

小调妮儿说："买了先送到哪里呢？是送到杨财贸那儿，还是先送到秀云家？"

刘玉华说："当然是送到秀云家了，她是咱庄的闺女，九叔又是个特别要脸面的人，咱送给她就等于是给他长脸！你说呢王德宝？"

王德宝聋的那一阵儿又来了："你是团支部书记，到时候敛一敛，搞得他热闹一点儿，嗯！"

小调妮儿怕他再聋下去露了馅儿，就说："你个×养的呀，又装样儿！我表妹累了，该休息了！"就打发他走了。

王德宝走到门口，小调妮儿又嘱咐他："秀云要是还在那里，你别莽莽撞撞地就撞进去！"

王德宝说："嗜，这个我还能不知道！哎，你刚才骂我干什么？"

五

小调妮儿找王德宝要请两天假。王德宝说："请假干吗？"

"来好事儿了！"

"还不到一个月，怎么又来好事儿了？"

"就不会有点特殊情况？"

"嗜，结婚这么长时间了，还月月来好事儿！"

小调妮儿拧他一把："你个不着调的，还怪懂哩！"

小调妮儿领张立萍漫山遍野地去剜野菜，她不失时机地向张立萍介绍钓鱼台的地形物产，光荣历史，讲钓鱼台的人情世故，风俗习惯，就说得张立萍心里热乎乎的，她说："你们这里的人真好哇！互相之间那么融洽！昨天晚上我听着你们商量给那两个人操持婚礼的事，我都想掉眼泪！"

小调妮儿说："这不算什么！这叫'鱼台新风'嘛，都上过报纸的，庄上个别小青年在外边儿干了坏事儿，让人家给逮住了，他都不敢说是钓鱼台的!"

而后,她向张立萍介绍自己十七岁就跟刘玉华谈恋爱的恋爱史:"你不知道俺家那个老华子小嘴叭叭的多么甜呢!还'集体劳动好,把爱情来产生,个体劳动则不行,不管你多么有水平',他这么三啰啰两啰啰就把咱啰啰晕乎了。其实咱们女的家也就贪图有个好丈夫,恋爱结婚是早晚的事儿。不知怎么弄的,我俩结婚快一年了,到现在我要半天不见他,心里还想得慌呢,我怪没出息是吧?"

就说得张立萍脸红红的,心里有点小迷乱,她说:"这说明你们两个感情好哇!"

小调妮儿说:"钓鱼台的男的个个都疼媳妇,还怕老婆,你知道这是为什么?"

"为什么?"

"钓鱼台的天下是女人打出来的!以后你慢慢地就知道了,没听说吗,'要看风景燕子崖,要看媳妇钓鱼台',他不好好疼媳妇,庄上的姑娘都嫁到外庄去了,他找谁去?"

完了,小调妮儿开始转入正题。她说:"昨晚上到咱家玩儿的那个人,你有印象吧?"

"有啊,叫王德宝是吧?"

"他这人长得比俺家老华子强,可不会写诗!"

张立萍笑笑:"庄户人家会不会写诗有什么要紧?"

"他当着试验队长没架子是没架子,可怪调皮来!"

"年轻人嘛,活泼一点儿好!"

"他还有点小狡猾呢!你要是跟他说话,说着说着他就会给你来个装聋作哑!"

"这叫大智若愚!"

"他作、作风是不错,有个别女同志跟他动手动脚,他是坚决不啰啰!"

"不啰啰对!"

两人一递一句地说相声似的这么往下说,张立萍不知道她的用意,就像有根线让她牵着,由不得自己不按着小调妮儿的逻辑随着说。说着说着,张立萍悟出了她的意图:"大姐你是不是想——?"

两人本来坐在山坡上的草丛里说话的,小调妮儿一下跪在她的面前:"好妹妹,委屈你了,我跟你一见面就觉得咱俩合得来,就舍不得你走,可这么下去也不是办法呀!俺跟玉华寻思了一个晚上,把全庄的好青年挨个过了一遍,就是王德宝还稍微配得上你,你要同意更好，不同意也别犯难为，权当姐姐我放了一个狗臭屁行吧？"

张立萍也跪在了她的对面儿，不等她说完就趴在她的肩上哭了："你真是我的好大姐呀！你跟大哥都这么好，谁也没拿我这么好过，我一个穷要饭的，你们还这么看得起我，姐姐怎么说怎么办就是，我听姐姐的！"

小调妮儿也哭了："快别说什么穷要饭的，要饭不丢人啊妹妹，还不都是让灾荒年逼的？"

这么的，这头儿就同意了。

两人下山的时候就有说有笑的了。张立萍说："大姐你说话还怪有个逻辑性呢！"

小调妮儿说："还逻、逻辑性呢，我知道什么叫逻辑性？还不是你华子哥教我的？教了一晚上，还老怕把先说什么后说什么的顺序弄颠倒了。"

张立萍捶打着她："敢情你两口子早合计好，画好了圈儿让我跳啊！"

"要不怎么套住你个小狐子？漂亮得我都不舍得给王德宝这个×养的，俺两口子动了一晚上脑子，他那里还蒙在鼓里呢！这叫累死做媒的，美死娶亲的！"

"他要不同意呢？"

"他敢！"

那头儿刘玉华找王德宝谈的时候就简单多了。刘玉华将张立萍的大体情况一介绍，把"过了这个村就没了这个店"的严重性一强调，王德宝就说："你看着行就行呗，我相信你的眼光！"

刘玉华把他俩的情况跟刘曰庆一汇报，刘曰庆说："好啊！这事儿办得不赖，我还正为德宝的事儿犯愁哩，按说王德宝的眼神儿不好算工伤，还有你，队上每年该补助你俩点工分，可你们还不要，我这心里老不落忍的，你这一操心，我心里也轻快点了。"

"张立萍这个户口问题——"

"操，什么户口不户口的，户口对公家人儿有意义，对咱老百姓有什么用？不都得凭工分吃饭？你给他两个开个介绍信，赶快去公社登记，登了记马上就办，别啰啰儿！"

婚礼办得简朴热闹，敲锣打鼓，发烟发糖。烟是试验队的女人们自己卷的，形状跟买的差不离儿；糖是地瓜跟红糖熬了之后冷却的，也用红纸绿纸包着。试验队的全体队员及王德宝的亲戚们满满当当地坐了一院子，以茶当酒，很是热闹。

新娘就是从刘玉华家迎出来的,由王秀云和刘乃英做伴娘,当小调妮儿送张立萍出门的时候,小调妮儿还掉了眼泪呢。

刘玉华给他俩写的那副对联也怪有意思,上联是"有缘千里来相会",下联是"公社路上共前进",横批一般化了点,叫"沂蒙山好"。

张立萍觉得自己的婚礼办得挺像回事儿,虽然简朴,但大家已经是尽心尽力了,越发感觉出山里人的温暖,一种初中毕业生的小情调儿油然而生,决心好好改造思想,努力像他们一样高尚。她还挺能啰啰儿,当屋里只剩下她和王德宝的时候,她向他诉说自己的身世,几天来的感慨,完了就说:"我不是调妮儿姐的表妹,我与她无亲无故不认不识,只是一个要饭的!"

王德宝说:"我估计就是!"

"你不嫌啊?"

"喜欢还喜欢不过来呢,还嫌!"

而后他告诉她:"我也不是装聋作哑大智若、若愚,我确实就是阵发性的耳聋!"

"我估计就是!"

"你不嫌啊?"

她嗔怪地笑笑:"咱俩这是说相声啊?你还怪会堵林(人)呢!"

他说:"我聋的时候,你马上骂我一句我就听见了!"

她一下扑到他的怀里:"你这个死疙瘩呀!你真是个怪林。"

六

王德宝结婚之后,就只有杨财贸留在那个试验田的窝棚里住了。按说春天里没有成熟的庄稼可偷,无须护坡的。但试验田离庄很近,出庄就是。有一年一个半大不小的毛孩子,将刚刚种下去的拌了农药的花生种给扒出来吃了几粒,几乎丧了命。另外你还须防止鸡刨狗糟蹋的,所以每年一播种,试验队就开始护坡。

那个窝棚里当然就有泥炉子、铁锅子、水壶脸盆子什么的,旁边儿又有井,一般的做吃做喝在那里就完全能解决。

王德宝结婚的时候,杨财贸去坐了一会儿,见着新娘张立萍了,回来即在日记中写下几个字:"小调妮儿之表妹?甚美,似有文化。"

这天吃了晚饭,王秀云来看他的时候他就说:"你看人家,俺?多快,速战速决!"

秀云笑笑："你馋得慌了？个把月就等不及了？看这麦子长得多好！今年肯定是个大丰收！"说着揭开窝棚里炉子上的锅盖儿说是："我看看你吃的是什么！"

小铁锅里还有几片煮熟的地瓜干儿，她问他："天天吃这个呀？"

他还有点小委屈："不吃这个吃什么？"

"光吃这个不好啊！日庆大叔说是让你尽管吃，可咱自己也要自觉，大队里那点地瓜干儿是给五保户烈军属留作急用的，你都吃了好吗？"

杨财贸有点急："噢，你还嫌我吃得太好！那你让我吃什么？"

"大伙吃什么你吃什么，现在大伙儿对你还是一种客情，可咱自己不能太娇贵自己，你就不会掺上点野菜什么的？"

他嘟囔着："我娇贵自己！我一个下放右派有什么资格娇贵自己？明天我什么也不吃了，行了吧？"

王秀云也有点恼："我嫌你是下放右派了吗？我让你什么也不吃了吗？现在家家都吃什么你知道不知道？来了客人才做一顿玉米糊粥，吃地瓜面儿饼子还掺上豆叶，都拿不成个儿——"她说着说着眼泪流出来了，"我知道你也是委屈，可你现在不是客人了，不是来写材料完了一拍屁股就走了，你要在这里长期做人啊！"

杨财贸自觉理亏，神情黯黯地蹲到她跟前给她擦眼泪："是我的错误，我不对还不行吗？"完了就拿起她的手往自己脸上打，"你打我几下吧！"她一下抱住他"呜呜"地哭了。

天黑了，一道闪电在远处亮过，随后传来阵阵轰鸣。

杨财贸站起来，朝窝棚外面看了看："要下雨！怪不得刚才心里烦躁呢！"

王秀云也站起来："下雨就好了，现在小麦最需要雨了。"

杨财贸笑笑："到底是当过多年干部的！"

王秀云嗔怪地打他一下："去你的！"

他按住她的手："哎，以后咱们到成堆儿，你别这么正儿八经的好不好？除了训人就是小麦地瓜干儿，就不会说点别的？"

"你说呀，谁不让你说来着？"

他一下子抱住她："一下雨，我一个人在这里还怪害怕哩，今晚你别走了行吧？"

她不置可否地："我不走就不是正儿八经了吧？"

他"嗯、嗯"着，就将嘴唇盖到她的唇上了。

山雨欲来，窝棚旁边儿的那棵大柳树发着疯似的摇曳着，柳树扫着窝棚发着哧哧啦啦的怪响，随后雨下来了。她推开他："下雨了，我该走了。"

他拉住她央求着："雨小点儿再走行吧？这雨长不了。"

她还在犹豫就被他拥到那张床上了。他鼻息呼呼地这儿那儿地吻着，手也在充满欲望地探寻着。她大睁着双眼一动不动地盯着他，一道闪电亮过，一颗晶莹的泪珠在她睫毛上闪着亮光。他发现了那颗泪珠："怎么了？"

她赌气似的坐起来脱着衣服："我这个样子，面黄肌瘦的，你也是忍心！你要好意思，你想干什么就干什么吧！"

他为她的神情和雪白的臂膀吓住了，赶忙又给她系好衣扣儿："是我的错误，我又不对了还不行吗？"

她有点失望地看他一眼："你不喜欢正儿八经是吧？"

"不、不是，喜欢、喜欢！"

"你们文化人儿都这样，还是只有你一个人这个样儿？"

他嘟囔着："这其实是很、很正常的，这又不是胡来，我们很快就结婚不是？"

"可我们钓鱼台不兴啊！"

雨在不紧不慢地下着，王秀云在想着眼前的这个人。她先前毕竟没跟他共过事，见了面谈谈也就分开了。他这次来到之后，时间不长王秀云就发现这个人有好多让人说不出口来的小毛病。比方他送给她那块小手帕的时候，他就说了两遍还是三遍"价值 0.16 元，0.16 元！"他认为 0.16 元是个不小的数字。王德宝结婚的时候，她跟他商量以他们两个人的名义送点东西，他说："君子之交淡如水嘛，困难时期不必拘泥于礼节！"

她问他："什么礼节？拘泥于礼节？拘泥于礼节是什么意思？"

他说："就是不必在一些你来我往的小事儿上动过多的脑子！你要实在愿意送，咱们送他两块小手帕怎么样？"

"价值 0.16 元的那个？两块 0.32 元？"

她就觉得这个人比较抠儿，钓鱼台管这种人叫"细作"（抠搜），细作的人时间长了一般都没有朋友。她不知道文化人都这样，还是他那个地方的人就这样儿。她好像听什么人说过文化人儿一般都比较细作爱贪个小便宜什么的。但又不好意思说出口来，这毕竟不是什么了不起的缺点，他是让穷逼的抑或仅是一种习惯也说不定。她听说城里人都是互相不走动不来往关起门来朝天过的。她后来就将自己准备结婚时做件褂子的一块儿花布送去了，当然也说了是杨财贸和她的意思。送给别人一点东西的时候他跟你讲君子之交，他吃起大队的纯地瓜干儿来却不怎么够君子，让她想起她的四弟，那家伙饭一上桌就是只顾自己不顾别人的，她其余的弟弟都说他："这家伙太自私了，他觉着自己怪能啊！"

她这么想着就笑了。

一会儿，王秀云说："刘玉华说麦收分配的时候让你帮着他算算账呢！"

杨财贸说："可别！你们别把我放到炉火上烤了，我这右派是怎么补上去的你忘了？"

"你帮他算个账与你右派有什么关系？"

"这里头的学问大着哩！"

"你实事求是一加一等于二地算就是了，哪有那么多麻烦事儿！这点面子也不给我？"

"到时候再说吧！"

雨小点的时候，王秀云就走了。

杨财贸在日记中写着："雨。到底是农民矣，思想不开化，不懂性爱乃情爱发展之必然产物焉。"

七

张立萍也到试验队干活了。她跟王德宝结伴而行去上工，她就穿着用王秀云送她的那块花布做的对襟儿褂子，领子翻翻着，很鲜亮。她的脸庞也很鲜亮，气色很好，脸色红润。小调妮儿远远地看见就感慨不已："女人这东西真是怪呀，不管你多么干巴憔悴，一结婚一沾着男人，立时就水灵滋润，这才几天呀你看看！"

他二位尚未走近，女人们就开涮："嗬，还夫妻双双把工上，我挑水来你浇园呢！"

刘乃英说："王德宝你比参加宣传队还来得快呢，说解决就解决了。"

王艳花说："这两天把你累得不轻是吧？走起路来都腊月初七的第二天了！"

"怎讲？"

"拉巴（腊八）拉巴的！"

就说得张立萍脸红红的，头也不敢抬。

王德宝依次将他们介绍给张立萍，这个叫什么名字，那个该怎么称呼。她就亲亲热热地"大姐""嫂子"地叫，还握手。钓鱼台的女人们都不会握手，见了面就会嘿嘿。她这么一握，就把她们握得矮了半截儿似的，心里有点小感觉。好在介绍到杨财贸的时候她没跟他握，只是叫声"大锅"就算完。

张立萍似乎对所有的农活都很熟，一上手就干得很地道，动作很麻利，小蜜蜂似的跑来跑去，又让女人们很喜欢，一时还不能准确地犯她的自由主义。

休息的时候，杨财贸照样吱嘎吱嘎地拉二胡，拉那种音阶跨度很大的吕剧小过门儿。他拉着拉着不知怎么突然觉得有点小紧张，手指头不怎么听使唤，弦儿好像也没调准，那调子听起来就格外粗俗。后来他意识到这压力来自那个与小调妮儿挨在一起的鲜亮的脸庞，来自那小鸟依人的姿态和别的女人笑的时候她的不动声色。他不拉那个音阶跨度很大的东西了，拉《公社是棵常青藤》。拉完了，反响一般化，他想再拉个别的来着，想不起来了，张立萍就说话了："拉个《康定情歌》好吗？"

他调了调弦儿，想了想，这曲子先前肯定是拉过，但一时想不起第一句怎么唱了，他问她："那头儿怎么开来着？"

她就哼起来了："35 | 665 | 632 | 35 | 665 | 63……"

杨财贸和女人们都吃了一惊："这是个女学生定了，会唱谱！"

完了，张立萍又让他拉《哈瓦那的孩子》《在那遥远的地方》，有的他会，有的他不会，杨财贸在这个小女子面前就面露羞涩，神情尴尬。

要命的是她还带来了一些可怕的新闻：苏联老大哥不和我们好了，毛主席不吃猪肉了，蒋介石叫嚣反攻大陆了。她平静地说："这些事情都是互相有联系的，过去苏联给我们撑腰，蒋介石他不敢动弹，一动给他颗原子弹尝尝，一个台湾岛不够一颗原子弹炸的。现在苏联不跟我们好了，蒋介石就蠢蠢欲动。毛主席不吃猪肉是省下钱来还苏联的账。抗美援朝中国死了那么多人，用了他的喀秋莎，现在还让中国拿钱。总而言之一句话，哪里也不如沂蒙山安全。原子弹扔到这里，这一个个的山头挡着，它发挥不出威力来……"

就把那些小娘们儿震得一愣愣的："好家伙，原子弹！还喀秋莎！"

"蒋介石蠢蠢欲动！"

"毛主席不吃猪肉了！"

她们跟杨财贸证实："这些是真的吗？"

杨财贸寻思这些事情早就不是新闻了，可他想不到这里的人们还不知道，还仍然感兴趣，就说："这些事情都是内部传达的，我也是影影绰绰听说过的！"

"党内传达的？那怎么没听刘曰庆说过？"

"可能还没传达到咱这儿！"

王德宝听了却有点儿小不悦，这个张立萍！这么重要的事跟我都没说，怎么先在这里啰啰了呢？就像你是县委干部或学校的政治教员，忘了自己是干什么吃的了。女人们正议论得热闹，他噭的就是一嗓子："还在这里胡啰啰呢！再安全也得吃饭，干活去！"

女人们有点扫兴。王艳花说："王德宝你是显×能呢！"

别的女人也随声附和："可不咋的，疯狂叫嚣呢！"

"蠢蠢欲动呢！"

但还是干活去了。

张立萍的威信一下提高不少。女人们问她这对襟儿褂子是怎么做的，领子翻翻着，跟买的一样哩。说她这小模样儿是怎么长的，比那年来推广胜利百号大地瓜的肖技术员不差半分毫。

重要的是她给人们带来了一种安全感。过去你咋呼沂蒙山区多么好，可谁也没从这个角度去认识。现在就觉得活得格外踏实，别的地方再好，又是楼上楼下电灯电话什么的，可一颗原子弹扔过去就全玩儿完，咱这里穷点是穷点儿，可原子弹扔到这里它不管用。况且毛主席都不吃猪肉了，那咱还叫什么屈？那还不滋滋润润地尽管活？

张立萍很快又显示了一次小才华。杨财贸准备结婚收拾房子了，房子是大队原来的两小间仓库，他在里面扎顶棚糊墙纸。他干这件事儿的时候，试验队的大姑娘小媳妇们去帮忙，张立萍就在那里做指导，秫秸怎么扎，报纸怎么糊，气孔怎么留。她还把顶棚的边缘贴上一溜红纸条儿，气孔那地方贴上牡丹花的剪纸呢！扎出来的效果确实就不错，比全村扎得最好的刘玉华家还扎得平展、结实、美观。这时候就显出了她的心灵手巧和不一般化的审美情趣。相形之下王秀云就笨拙得要命，她怎么也不能从下边儿将报纸贴到那个秫秸框上去，你让她打下手让她专门递抹了糨糊的报纸，她三不知的还把报纸给你拿断了。那几年公家单位正时兴在屋子的上方用细绳扎成五星状而后再粘上五颜六色的小三角旗，杨财贸要照此办理，王秀云不啰啰儿，说是："又不是青年之家俱乐部和办公室。"在旁边儿看热闹的保管员韩富裕也说："嗯，挂上那玩意儿得特别注意防火防盗三反五反！"杨财贸就看了张立萍一眼，眼神很暧昧，意思却明白无误：瞧，就这么个水平，你没治！张立萍笑笑说："新房嘛，不就是图个新鲜热烈？杨大锅要挂就挂呗！"

最后还是按张立萍的意思挂了。

钓鱼台衡量好媳妇的标准主要看两条：一看会不会做针线活，二看煎饼摊得薄不薄。别的都没用，你啰啰苏联不跟我们好了，又是蒋介石蠢蠢欲动什么的，都白搭，你到底还是老百姓啊，又不是公家人儿。想当初王艳花嫁到钓鱼台的时候也挺能啰啰儿，又是她娘家一冬天吃两苦子豆叶，她一个人吃两枕头花生米，穿玻璃（塑料）鞋，晚上骑着自行车去关大门（说明她家院子大）什么的，可她煎饼摊得不咋样儿，她的威信就始终一般化。到现在钓鱼台还流传着"两个来"的笑话。刘乃厚他娘煎饼摊得就不咋样儿，刘乃厚每次吃饭都嫌好道歹。王艳花嫁给刘乃厚之后，头天吃饭刘乃厚又嫌煎饼摊得厚还黏糊糊的，他娘说："不是我摊的，是你媳妇摊的！"刘乃厚马上说："噢，是两个，我以为是一个来着！"他将一个煎饼的厚度说成两个，证明他媳妇摊得薄一些。

以这两条来衡量张立萍怎么样呢？张立萍的针线活儿你看见了，她做的那个领子翻翻着的对襟儿褂儿让大姑娘小媳妇眼界大开，她会扎顶棚也说明她心灵手巧。那么她摊煎饼如何呢？一个外地人，没想到她能摊得那么好，那叫薄如蝉翼，甜似桃酥，一样的地瓜面儿煎饼，她摊出来就格外光亮洁净，柔韧可口。王德宝就经常攥着煎饼卷大葱在街上转那么一圈儿。

这件事让王艳花格外眼气。她不知怎么听说张立萍并不是小调妮儿的表妹而是一个要饭的，她就说是："再能也是个叫花子。"刘乃厚就说她："打人不打脸，揭人不揭短，会做媳妇的替人瞒，不会做媳妇的两头传。她是叫花子怎么了？叫花子一不偷二不抢，三不撅起腚来到处撒尿，你再胡啰啰儿把你的破嘴撕烂了。"

王艳花就哼了一声。

王艳花哼有道理。扎顶棚的时候，杨财贸跟张立萍对视的那一眼让她看见了。她预料这两个外地人要有情况，以她过来人的经验和女人特有的敏感判断，那一眼不是随便对的。如果两口子意见不一致，其中一位若与另外的某个眼神交流那么一下，那肯定是有情况，暂时没有将来也会有，不信你就走着瞧。

扎完顶棚的当晚，杨财贸又在日记中写道：×××可培养成为一个好干部。

八

小麦抽穗扬花的时候，杨财贸身上起了一片片的疙瘩子，浑身刺挠。他麦花过敏，看见麦花不行，闻见也不行，而一离开麦田就好了。他暂时不能在试验田里干活和护坡了，刘曰庆让他帮刘玉华整账。

刘玉华是初中肆业生，按理当个大队会计问题不大，但他上学的时候对数学特别反感，他说数学那个东西纯是卖国贼的学问，中国的数学公式不用中国数码而用外国字母，"还 a 加 b 括起来的平方等于 a 方加 b 方再加 2ab 呢，再加它娘个 × 呀！这不纯粹折腾中国青少年吗？那个熊数学老师也不是个好胡琴儿，管方程式叫方穷式，管看电影叫看电涌，长得跟蒜臼子样的还讽刺他大爷我头脑简单四肢发达，看着怪聪明实际一脑子糨糊呢，那怎么能学得好？"而且他兴趣也太广泛，喜欢搞点意识形态方面的工作，比方布置民兵之家青年之家啦，移风易俗勤俭办喜事当当新式婚礼的主持人啦，死一个帝国主义头子他格外高兴啦等等，他的会计业务就一般化。杨财贸看了他的账之后，说："你个老华子怎么搞的？连个科目也不分，整个一锅煮啊？"

刘玉华不好意思地说："我看着这玩意儿就头疼，哪有心绪啰啰这个！"

杨财贸就将收入支出往来账和分配明细账分开，立了两个科目，两人一人一个地重新整。

整账这件事很琐细很麻烦，刘玉华还没耐性，坐一会儿就出去转一圈儿。两人忙不过来，杨财贸跟他商量把张立萍调过来帮着整，说她初中毕业有基础，经过培养可以当一个好干部。刘玉华本来就对这些枯燥的数字没什么兴趣，杨财贸一提，他跟刘曰庆一说，就把她给调来了。

张立萍还真行，一点就通，小字写得也特别漂亮。如同老中医开药方有独特的体一样，会计们的字也是有专业性的，你比方他们喜欢将"粮食"写成"囗仐"，将"一两"写成"一刃"。数码字也写得很独特，和常人写法不一样，张立萍也都会。刘玉华就说："干脆你来当这个会计算了。"

张立萍笑笑说是："一个会计顶半个书记，我哪里干得了啊！"

过去的旧账整完了，就算麦收分配的新账，算是预算。杨财贸问刘玉华："去年麦季分配人均是多少？"

"连工分加人口人均分配六十斤。"

"今年小麦你估计比去年增产还是减产？"

"当然是增产了，今年的麦种不错，管理也很得力，我看增长百分之十没问题。"

"公粮和余粮怎么缴？"

"公粮是年初就下了指标的，余粮要等公社来人估产之后再定！"

杨财贸就翻来覆去地说："那咱们得好好商量商量！"

刘玉华起初没明白："把公粮跟余粮扣出来，剩余的就参加分配，有什么好商量的？"

张立萍很有意味地看杨财贸一眼："小麦长得不错，大伙儿都眼巴巴地盼着，是得好好商量商量！"

杨财贸说："嗯，还是小张懂得快！"

他二位这么老强调商量商量，刘玉华就开窍了，说是："这个事儿咱是决定不了啊，咱们再算也是纸上谈兵，关键在刘曰庆，上边儿一给他戴高帽儿吹捧他两句，说他劳动模范领导有方增产有道，再一强调踊缴爱国粮的意义什么的，他就土地老爷戴蒜臼子——架不住琉璃纂了，一晕乎就多卖它个万儿八千的。"

杨财贸说："所以要好好商量商量嘛！"

刘玉华说："不过他也不是糊涂人，工作不是不可以做，他自己又不是没挨饿，关键是来估产的那些人你怎么应付！"

张立萍就给他举了几个她家乡应付类似情况的例子，完了说是："人家来了咱要是小家子气，光拿话搪塞人，连顿酒也不舍得给人家喝，人家当然要公事公办了。"

刘玉华说："那我得赶快把曰庆叫来，咱们一块儿商量商量，这可是大事儿，说不定估产组这一两天就要来！"

杨财贸说："这个事儿责任不小不假，我跟小张毕竟都是外地人，曰庆大叔来了之后还是你跟他说，我俩在旁边儿给你敲边鼓儿。"

张立萍就又很感激地看杨财贸一眼。想那刘玉华是何等样人，他两个不时地这么对视一眼对视一眼的，岂有不被瞧破的？刘玉华心里遂不悦。他说："嗐，你是一朝被蛇咬，十年怕井绳，还归李先念领导呢，拉倒吧，我说就我说。"

刘曰庆来到之后，刘玉华把大体精神跟他一说，他就说是："操，你们这不是要我私分瞒产吗？这可不是闹着玩儿的，到时候党籍开了我的还算是轻的！"

刘玉华说："到时候保证不让你犯错误就是了，你只要不吭声就行。"

"全庄这么多人，我不吭声也得有人吭声。"

杨财贸说："吭声也不要紧哪，咱又不是不实事求是，他那个估产的伸缩性大了去了。"

"那帮人一个个精得小鬼儿样的，咱怎么鬼得过人家？"

张立萍又举了一番她家乡的例子，完了说是："到时候您就瞧好儿吧！"

刘玉华趁机说："我这个会计当得糊儿马约（方言：稀里糊涂）的，还不如小张灵透哩，这次也多亏他两个帮忙，我看这个会计让小张当算了。"

刘曰庆说："嗜，还没等出事儿的就先逃跑，你想坑你大叔我呀？"

张立萍也说自己当不了，"玉华大锅是抬举我"。

刘玉华说："我既不是临阵脱逃，也不是有意抬举谁，我确实是不适合干这玩意儿呀，不信你问问杨财贸！"

杨财贸说："从业务的角度看，小张当会计不是不可以，可曰庆大叔说得也有道理，你得把这个戏唱完，等麦季分配搞完再说，怎么样？"

刘曰庆说："到时候再说吧，先啰啰这个分配问题，如果按你们说的办，你们预计人均分配多少？"

杨财贸说："扣除公粮和集体提留，余粮也按去年的数儿卖的话，人均分配一百八！"

刘曰庆说："这个一百八的数字太大，听起来还怪吓人哩！"

张立萍说："不会按公斤啊？'人均分配多少？''九十'，谁愿意说说去！"

刘玉华说："到时候我再跟过磅的韩富裕、刘乃厚打个招呼，谁要啰啰出去，毁他个婊子儿的。"

刘曰庆说："说实在的，大伙忍饥挨饿，眼巴巴地瞅着这季麦子，我还不想多分点儿？就这么定了，出了事儿我担着，只要能让大伙儿吃几顿饱饭，我这个党籍开了就开了，今天开了，明天说不定又给我恢复了，再说大伙儿跟着我当了这么多年的先进捞到什么好处了？你三个都是好、好同志！"

没过两天，估产的还真来了。三个：一个是公社副主任姓吴，一个粮站站长姓于，一个财贸助理姓徐。那个财贸助理小徐跟杨财贸是老熟人，过去是上级与下级的关系，这次见了杨财贸还有点小拘束，连说了几遍"本该早来看您来着，一直没捞着空儿"。

刘曰庆刘玉华就领他们看了最好的，看了最差的，亩产数加起来一平均，再乘上总亩数，大体数字就出来了。喝起酒来的时候，那个吴副主任就说："嗯，比去年增长百分之十是没问题的，跟预料的差不多，老刘你这个老劳模可得多做贡献哟，全公社就看你们的了。"

刘曰庆不置可否，就说："喝酒、喝酒！"

桌上有刘玉华、杨财贸作陪，旁边有张立萍服务。吴副主任见她酒倒得很地道，烟递得很熟练，且年轻貌美容光鲜亮，就说："哎，这个小同志是谁呀？怎么以前没见过呢！"

刘曰庆说："这不是那个志、志强的孩子嘛，那回——你忘了？先前在她舅那里当服、服务员来着，前段我把她给要回来了，寻思先让她跟着玉华实、实习一段以后当个会计，不曾想一实习比刘玉华还明白，到底是初中毕业生啊！"

吴副主任就作沉思状，寻思是哪个志强的孩子，"那回"怎么了。

刘玉华说："还不过来给各位领导敬个酒！"

张立萍腼腼腆腆地说："早想给领导敬酒，怕你们说我喧宾夺主！"

吴副主任笑笑："看，多会说话，还喧宾夺主呢，坐、坐这儿！"

张立萍给那三位挨个敬了酒，而后又跟他们各干两杯，完了就挨着吴副主任坐下了。她脸红红地说是："不胜酒力呀，没等跟领导好好干几杯的就先醉了。"她脸儿红红，眼儿迷离，吴副主任即心跳加速，连句响亮的话也没了。张立萍就说话了："刚才吴主任说的增长百分之十的问题，我在旁边儿听着觉得还有点小问题来，你们是把试验田的小麦算成最好的了吧？那当然是最好的了，可那是麦种不参加分配的呀！全公社大概有一半儿以上的大队都是用的我们的麦种吧？"

吴副主任正在感受着大美当前的压力，就说是："那是，那是！"

张立萍接着说："另外把最好的跟最差的加在一起除以二也有出入啊，各位领导都看见了，俺村的麦地中山地要占三分之二还要多一点是不是？"

粮站的于站长应着："嗯，占三分之二不少不假！"

"所以呀，那个增长百分之十的问题确实是水分大了点呀，按说钓鱼台作为先进单位理应多做点贡献，可要老是快马再加鞭，光让马儿跑，不让马吃草或让它少吃草也不行是不是？有一首歌不是也让'马儿啊，你慢些走'？这是有远见有胆识的领导作风，我们再也不能杀鸡取蛋了，别的地方还单独给先进单位开小灶呢！"

她这一番别有见地话藏机锋的细声慢语，连同她那亦娇亦嗔的神情，就让那几位连连点头，毫无别识别见只有随声附和的份儿了："嗯，是这个理儿不假！要不怎么咱们这里老是树个典型立不住呢，就是杀鸡取蛋造成的，今天树一个明天倒了，明天再树一个后天又倒了！"

"嘻，不懂个唯物主义辩证法，这种领导在一个地方干一届还勉强，时间一长就没×威信了。"

吴副主任的腿恋恋不舍地离开了那条丰腴的腿一下："那个百分之十是有点水分不假，增长百分之六看来比较合适，是不是呀小徐？"

杨财贸的膝盖碰了小徐一下，小徐就说："也就是百分之四还比较实事求是！"

吴副主任说："那就百分之三，留个百分之一给你开开小灶儿吃吃好草，怎么样啊老刘？这下满意了吧？"

刘曰庆就眼泪汪汪地忽地站起来了："那我这个不会喝酒的得单独跟吴主任喝俩酒！"完了，说是："酒后吐真言，今天也没外人，我跟领导暴露暴露思想！"刘玉华一听有点小紧张，马上拧了他一把，刘曰庆就说："干吗？你拧我干吗你个老华子？你怕我说错话对吧？又没外人！你别看我是粗人直人，可我心里有数儿！那年我去北京开劳模会参观动物园，连狗熊都给我打敬礼我都没骄傲自满过，甭说这点小场合！我是想说我当了这么多年先进，还就是今天碰到了吴主任这么个知、知音，这叫什么你知不知道？这叫水平！在吴主任手下干工作那叫舒、舒畅！"说着转向吴主任："今天你要按增长百分之十让我拿，我拿不拿呢？拿，我扎起脖子来也要拿，可我拿了之后心里怎么想呢？群众怎么想呢？那叫心凉啊！"他说着说着眼泪掉下来了。

刘玉华赶忙扶他坐下说是："曰庆大叔不会喝酒，今天领导们一来一高兴喝多了，要不你去躺一会儿？"

刘曰庆生气似的："我没事儿，躺什么躺？不懂个鸡巴礼貌性儿！"

那个吴主任就拉着刘曰庆的手说是："我说老刘啊，你这番真言让我惭愧呀！过去对你们体谅不够啊！"说着眼圈儿也想红，随后马上扭转话题问张立萍："你这个小同志叫什么来着？有没有对象啊？"

刘玉华说："叫张立萍，还没对象呢！吴主任见多识广认识人多，有合适的给她寻摸一个呀？"

"没问题，至少得找个脱产干部或少尉排长什么的！"

张立萍眼也红红地说是："咱哪有那福分啊！能找个吃饱饭的人家就不错了。"

刘玉华赶紧站起来说："那我得替我的徒弟跟各位领导喝个酒！"完了，刘玉华又说："怎么样？天不早了，我看各位领导也别走了，住下吧，唵？"

吴主任摇头晃脑地说是："不，不住了！怎么能再给你们添麻、麻烦？光让马、马儿跑，不让马吃、吃草是不、不对的，是不是呀小、小张？嗯！"他的舌头也不怎么听使唤了。而后笑嘻嘻地说着钓鱼台这地方藏龙卧虎人才辈出什么的，就歪歪扭扭地推起自行车率先走了。另两位也嘟囔着"要看风景燕子崖，要看媳妇钓鱼台嘛，嗯！"跟上去了。

第二天，据说有人跟那个吴主任开玩笑："哎，你怎么把口罩戴到额头上了？"

他说是："操他的，让刘曰庆那个老东西坑了一家伙！"

不知他是指百分之十的问题，还是让他喝多了酒回公社的路上撞到沟里去了。

九

那天晚上，杨财贸在日记中记下了这么两条：一，农村干部觉悟不低心眼儿不错，但也有狡猾的一面，乃大智若愚也。二，夜色温柔，相见恨晚，美妙之歌唱。

他之所以记这第二条，是基于以下的情况：

那晚估产组的三位喝了个醉马三腔（方言：醉醺醺），钓鱼台的几位也喝了个丢盔卸甲。刘曰庆后来的体会就是："一级有一级的水平嘛，咱怎么能喝得过人家！"

送走了那三位之后，刘玉华扶刘曰庆趔趄着回家了，唯独杨财贸喝得少点儿，他扶着张立萍回家。快到家门口的时候，张立萍突然想起来："俺那口子还在试、试验田呢！我得去、去他那儿。"

月色皎洁，村外微风阵阵，树影摇曳，麦穗飘香。张立萍让风一吹清醒了许多，让她清醒的还有扶在她腋下的那只手，那只手正在朝着某个地方做着努力。她突然"扑哧"一下笑了。杨财贸赶忙把手松开："你没醉呀？"

"刚才醉着，现在醒了！"说着揽过他的胳膊，"你就还当我醉着！"

两人默默地走了一段儿，张立萍说："夜色不错是吧？"

"嗯，不、不错！"

"去河边坐坐好吗？"

"好、好！"

两人就到河边的树丛里挨得很近地坐下了。

不远处山峦起伏，河水则不动似的泛着银光，河道里飘浮着朦胧的氤氲之气。两人沉默了一会儿，张立萍就感慨地说是："曰庆大叔是多好的人啊，他要暴露思想的时候也把我吓了一跳，不想他是大智若愚，说着说着眼泪还掉下来了。"

"实际上他最恶心那个吴副主任了，心里恶心他，当面还要吹捧他，那还不难过？"

"玉华大锅表现也不错！"

"你也表现不错啊！哎，吴副主任要给你介绍对象的时候，你怎么也想掉眼泪呢？"

她苦笑一下："不知咋的，就是想掉呢！"

"你结、结婚是仓促了些不假！"

她唉了一声："不这样有什么办法呢？"

他的手就搭到她的肩上了："你是个有水、水平的同志，长得也怪漂、漂亮，我一见着你就觉得你不、不一般！"

她柔柔地说："我知道你对我的看法，咱们同是天涯沦落人啊！"说着伏到他的怀里呜呜地哭了。

杨财贸手足无措了一会儿，随后将她紧紧抱住，"嗯、嗯"着，抚慰着："别哭，嗯？小点声儿！"就吻起她的头发她的脖颈来了。一会儿他将她的脸扳起来，吻她的眼，吸她的泪，她稍稍闪避了一下，马上又搂住他的脖子，将唇按到他的嘴上了。

她的领扣儿仍然未系，他很容易地就将手伸到那里面了。她低低地惊叫一声，双手紧紧地按住他的手背："你，你不会伤害我吧？"

"不，不会！"但他的手仍然企图蠕动。

"也不会伤害钓鱼台人吧？"

他就将手抽出来了。

她仍然依很着他："有句话听说过吗？欺负沂蒙山人是犯罪呀！"

他嘟囔着："刚才是我不对，是我的错误！"

她嘻嘻地笑了："没什么不对的，我理解你，咱们两个有共同语言，心有灵犀是不是？是性情所致情不自禁对不对？我还听说你那地方的人格外——浪是吧？你不是很快就与秀云姐结婚了吗？秀云大姐是多好的人哪！让我们永远做个好朋友好吗？"

她亦娇亦嗔，出口成章，他让她的机智及才华给镇住，就只有羞愧地"嗯，嗯"的份儿了。他心想这个小妖精聪明过人，超常发挥，嬉笑怒骂皆成文章，是酒精在起作用吧？

完了，她站起来，拉着他的手："时候不早了，咱们回去吧大锅？"

他就站起来了，她挽着他的胳膊有点调皮地迈着大步："看，窝棚上还挂着保险灯呢！刚才怎么没注意呢！我去了啊？"说着就急匆匆地跑了。

杨财贸木呆呆地站在那儿，看着她那欢快的身影消失在麦海里了，不一会儿那盏红红的保险灯也消失了。他脑子里的酒精也在起作用，思想斗争一会儿，竟弯着腰也朝那个窝棚走去了。没等走近，他即听到了一种欢快的被他称作美妙之歌唱的声音。那声音就让他辗转反侧了半宿，爬起来写了日记也还是亢奋得要命，最后用一个怪丢人的办法才使自己精疲力竭地睡去了。

麦季分配搞完了。与杨财贸、刘玉华、张立萍他们预算的差不多，人均分配八十五公斤。工分多的则还要多一些，工分少的往往孩子多，不怎么能干也不怎么能吃，粗细掺着吃的话，熬到秋收也差不多了。

杨财贸与王秀云终于结婚了。吃上了白面馍馍的钓鱼台人操办这类事格外上心，也格外热闹，少不得又敲锣打鼓鸣放鞭炮什么的，还摆了酒席。

但王秀云的爹王九子却有点小不悦。这中间除了有一种将最疼爱的闺女嫁出去了的失落感之外，他主要对两位新人穿的衣服不感冒。那年整个沂蒙山不管是男的还是女的开始时兴穿上白下蓝。上边儿白衬衣，下边儿学生蓝裤子，中间扎着皮腰带，衬衣的下摆当然就塞到那里面。他二位这身行头，是杨财贸的老家给寄来的。猛一穿上，哎，还不错，青年男女们特别喜欢。上点年纪的人则看不惯，说是："又不是工作同志，穿那玩意儿烟袋装哪儿？"而要结婚穿则更看不惯，"办红喜事穿白衣服，像什么话？盼着你爹娘早死啊？"王九子就这么说。王秀云开始也不想穿，但架不住杨财贸及一帮青年男女的撺弄，就穿了，衬衣的下摆当然也扎到裤腰里面。这一扎，效果出来了，腰儿纤纤，胸脯丰满，臀部浑圆，腿也显得格外长似的。王九子远远看一眼就骂道："纯是流氓衣服，杨财、财贸看着就不像个好胡琴儿！"

小调妮儿、刘乃英、张立萍她们一帮小妇女则说是："嗯，不错，你俩还真是才貌系统哩！"

刘玉华又赋对联一副，上联是：才饮沂河水。下联是：又食渤海鱼。横批叫：山呼海啸。

有人说："你这不像结婚的对联啊，像水产店开张！"

刘玉华说："关键是内涵，啊，这里面有两位新人的家乡呢！沂河水指谁？渤海鱼是什么？这个还看不出来？"

"嘻，沂河水怎么养得住渤海鱼？赶不上王德宝结婚的时候你写的那个'公社路上共前进'好！"

刘玉华神情黯然了一下，嘟囔着："你这么分析我就没办法了。"

杨财贸见了却说："不错嘛，很有新意嘛，不落俗套，嗯！"

不想新婚之夜就应验了沂河水养不了渤海鱼的问题，那情景令王秀云羞愧不已万分尴尬。

那个顶棚下边儿用绳子扯成的五星上的小彩旗们在摇曳，顶棚上似有老鼠在跑动发出窸窸窣窣的怪响，大队原来的这两间仓库又正在村子的中央，而杨财贸却要她这样那样还要听那美妙之歌唱。她当然就不歌唱。他就嘟囔着："嗬，你这个大队长，你这个妇女主任，让你正儿八经，让你……"这些话当然都是玩笑话，王秀云却觉得受了莫大的侮辱，斯文扫地尊严全无。她让他折腾哭了。他见她哭了，就说是："这没什么，你主要是还不适、适应！"

她气呼呼地爬起来就要走："你找能适应你的去吧！"

他又跟她软缠硬磨："是我的错误，我不对还不行吗？我忘了你是第、第一次了，性还没觉、觉醒！"

"这么说你不是第一次了？""看你想到哪里去了！"他就啰啰他少年时候听到的和看到的一些小故事，渔民打鱼回来怎么样，那些渔家妇女又怎么样。

王秀云仍然气鼓鼓地说："我不是渔家妇女，这里也不是你那儿！"

这类夫妻之间的小小的不快，按说很快就能消除的，但王秀云很快就发现杨财贸确实就是个非常自私的家伙，他心里确实就只有他自己。王秀云婚后没几天得了一种小毛病，这种小毛病的学名不知道，钓鱼台管它叫小肠火。毛病不大，但很难受，老想撒尿还撒不出来，杨财贸就问也不问，说是："没什么，新婚夫妇常有的，甭治也能好。"仍然不管不顾地满足他自己。王秀云就很伤心，但她还能忍。吃点苦而不丢面子的事，钓鱼台的女人一般都能忍。王艳花有一次见着她说："别人结了婚都是又白又胖，你怎么一下跟老了些似的？"

她就说：我原来就挺瘦，哪能一下就胖得起来。

最让她难堪和尴尬的是，这人很抠儿，跟村里的人抠儿，跟亲戚也抠儿，让她很不好做人。他下放的时候，他原来的单位照顾他，低价处理给他一辆七八成新的自行车，他一直存放在县城他的一个同事家没推来，结了婚他推来了。钓鱼台会骑但自己没有那玩意儿的有那么几个，那些刚刚会骑的小青年儿们还特别想骑骑，他是任谁也不借给，不是说气门芯坏了就是说带给扎了，王秀云的弟弟想骑骑他也不借，气得那小家伙背后直嘟囔："什么姐夫，他觉着自己怪能啊！"

有一回，刘玉华要去公社办点急事儿来借自行车，正巧杨财贸不在家，王秀云就借给他了。杨财贸回来就跟她发火："是人不是人的就要骑自行车，想骑自己买呀！还急事儿，什么急事儿！我要不推来呢？你以后少拿我的东西为好人儿！"

王秀云也火了："你还真是个老抠搜来！大伙儿对你怎么样？你对大伙儿呢？"

"操，我要不担着风险在那个百分比的问题上做点文章，还吃白面呢，屁也吃不成！"

"你担着风险？担风险的是你吗？你是书记还是会计？地打不出粮食你做什么文章？那点文章不是你的发明！谁都会！你在原单位就是这么为人的吗？我知道你这个右派是怎么当上的了，你的错误确实也不够右派，可你没从别的方面找找原因吗？"

杨财贸的长处是你要真发了火，他跟你嬉皮笑脸："嘻，看着怪温柔怪老实的个同志，还怪会堵人呢，说得这么狠干吗呀？打人不打脸，揭人不揭短，嗯！"

他这一手起初还管点用，时间长了就格外怄人，王秀云又让他气哭了："我揭你的短是你逼的，你比打我的脸还厉害！我算找了个什么人啊这是！"

而每当王秀云哭了，他确实就有点小进步："好，好，算我不对，我不对还不行吗？以后再有来借的你借就是了。"

王秀云唉了一声："跟你一起过日子真不容易啊！"

那一段，杨财贸在日记中综合性地记如下感受：一，小时候看着一座楼很高，长大一看并不高。二，夫妻间不怎么和谐乃生活方式生活习惯不同矣，改也难。三，每月工资17.50元，不可想象，暂沉默。四，农村人情世事儿甚多，成负担。

十

麦季分配之后，会计仍由刘玉华兼着，张立萍并没当上。刘玉华要辞来着，刘曰庆不同意。刘玉华说："你对小张不放心是不是？"

刘曰庆说："有点儿，这小家伙太鬼，见过大世面似的，一看就是个人精，她要翅膀硬了，王德宝能不能保住这个老婆都难说！"

"那咱去搞搞她的外调怎么样？"

"行，顺便把她的户口给起过来！"

刘玉华悄悄地就去了。

张立萍的哥哥见着刘玉华很高兴，说是他已经收到张立萍的信了，多亏钓鱼台的老少爷们照顾，他很放心；另外他村的地下已经探明有石油了，很快就要建一个大油田，那时候他说不定能当个石油工人呢！家里也都挺好，让她在那边儿放心就是。完了就让那小两口抽空儿回来看看，她嫂子怪想她什么的。

刘玉华特意问了问："立萍原来在家没对象吧？"

她哥说是："没有，绝对没有！以后要是这边儿出什么问题，狗腿我不给她砸断的！"

户口起得也很顺利。

刘玉华高高兴兴地回来将情况跟刘曰庆一说，不想刘曰庆还是不同意，他说："既然这样，那就更不能让她当会计！"

"为啥？"

"麦季分配这事儿我越琢磨越有问题，都成心病了，将来万一出了事儿，咱俩都跑不了，前年西鱼台就是个例子，人家孩子在这里，咱不能让她弄个不利索！"

刘玉华说："那事儿是吴主任点了头的，能有什么问题？"

刘曰庆就说："你不了解那个人！前年西鱼台也是他点了头的，一出事儿不还是把书记跟会计都撸了？"

"那是西鱼台自己瞎折腾，民不告官不究！"

"你就能保证咱这里没人瞎折腾？"

刘玉华不能保证，就不再坚持让张立萍干会计了，再坚持让人觉得自己逃避责任似的，会计就仍由他兼着。

刘玉华把搞张立萍的外调连同起户口这件事也跟张立萍和王德宝

说了，小两口很感动，一个劲儿地感谢组织关怀。刘玉华跟张立萍解释不让她干会计的原因，把刘曰庆的话原原本本地一学，张立萍就感动得掉了眼泪，发誓要不好好干，做半点对不起钓鱼台和德宝的事，就不是人了。张立萍原来还会编筐编篓，用纸浆做盛粮食用的那种小缸大缸。她跟刘曰庆建议成立个副业队，把这些业务开展起来，挣个称盐打油的零花钱花花。刘曰庆一听挺高兴，就让张立萍当队长，把副业队给成立起来了，果园的人也归她领导。编筐编篓这件事，钓鱼台原先也有人捣鼓，但不如她编得精致，特别是那种用纸浆做的小缸大缸，当时整个沂蒙山还没开始时兴，那玩意儿既轻便又好看还不怕磕碰，碰一下摔一下的问题不大，不像用泥烧制的缸那么娇气，而用泥烘制的各种缸也不好买，他们的生意就很兴隆。半年下来，光副业队提供的资金全村人均就五十多元。过去钓鱼台的社员也从果园的收入中分点现金，但顶多也就三块五块的，从没分这么多，这五十多块钱一到手，张立萍的威信忽地高起来了。相形之下，杨财贸的威信就差点儿。他细细作作，不借给人自行车，那些去借而没借出来的小青年儿们就给他胡啰啰儿。尽管刘曰庆、刘玉华们听见之后给他打掩护，说是："不借对！自行车怎么能随便借！一个手表、一个自行车都不是随便外借的！"可当杨财贸愿意借却很少再有人去借了的时候，王秀云还是有感觉。她是个敏感的人，好面子的人，她从没受过这个，她说杨财贸："这下你高兴了？你喜欢关起门来朝天过是不是？你做人差远了去了，你连个小要饭的都不如呢！"

杨财贸就体会到，越是你觉得周围的人憨厚宽厚忠厚好像无须乎格外注意的地方，你就越须好好地做人。如果你的德行原来就不错，你当然就无须格外注意只管本色地生活就是了，你若德行差点儿，你就须好好地做，谨慎地做。

还多亏王秀云为人不错，威信不低，人们看着她的面子还没怎么给他过不去，见了他还跟他打招呼："吃饭了？"

杨财贸当然也有许多优点。你比方他比较讲卫生了，睡觉前洗脸洗脚平时自己动手洗衣服了，屋里总是拾掇得很利索打扫得很干净了，还比较乐观喜欢讲点小笑话逗逗乐子了等等。

王秀云是个好心眼儿的人，她寻思他也是不容易，农村文化生活枯燥让他觉得这日子过得无滋寡味也是事实，另外人家也有所长进，只要不牵扯到他大的经济利益也还能说得过去。两口子过日子说到底主要还是为自己过的，不是单纯为着显示大方的。慢慢地，她对他的抠儿以及那些花花点子也开始理解和适应，进而还产生了一种心理上的不平衡。钓鱼台这边儿需要走动来往的全是王秀云的亲戚，没有一个是杨财贸直接的关系。王九子又是个特别要脸面的人，家里来了人就打发孩子叫杨财贸过去陪，他觉得杨财贸虽然是个下放干部摘帽右派，但每月还有 17.50 元的生活补贴，还是比一般老百姓高一些，还值得在他的亲戚面前炫耀一下。而要过去陪，就不能空着手去，最起码也要提溜一斤地瓜干儿酒或二斤点心三斤挂面什么的。尽管王秀云不时地就搜寻一点沂蒙山的特产给杨财贸家寄过去，但总算起来还是她这边儿的花销多一些，她当然就过意不去，就想在其他方面补偿他一下。比方在生活上格外照顾他一点啦，平时让他吃细粮她自己吃粗粮啦什么的。

有一天杨财贸跟王秀云商量："我来了这么长时间，钓鱼台的这个桂英崮我还没爬过哩，抽空儿你陪我去爬爬好吗？"

王秀云知道这是文化人儿的一种穷酸毛病，吃上顿饱饭就思谋着游个山、玩个水，但为了照顾他的情绪她还是答应了。

崮是一般的崮，有传说但无实迹，是熟之又熟。但跟爱人从玩玩儿和欣赏的角度来爬，王秀云还是第一次，还是感觉到了一种新鲜和有趣。他问她："你知道这崮为什么叫桂英崮吗？"

她说："据说是穆桂英当年在这里占山为王来着，跟孟良崮、焦赞崮是连在一起的，可赶不上孟良崮有名！"

他就说："胡啰啰呢，穆桂英是山西人，她怎么会跑到这里占山为王！"

"那你说为啥叫桂英崮呢？"

他笑笑说是："我也不知道！"

他笑的时候，王秀云就觉得他有点顽皮。她比杨贸财大几个月。她听人说，女的只要比男的大一天，那男的就会永远顽皮，永远以小自居自怜，而女的则格外多一些保护欲和责任感。王秀云从小就在家里当大姐，在村里当干部，这些东西都不容她顽皮和天真。这会儿就想装装小、撒撒娇。他爬得快了点的时候，她就说："死人，只顾自己爬，不管你老婆了？"杨财贸就又返回来，拉着她的手继续爬。

那个桂英崮的顶端当然就是平的，一圈儿还有围墙。两人一爬上去，王秀云一下坐在草地上说是："可累死我了！"说着就解开衣扣这里那里地擦。

　　杨财贸当然也很累，喘不胜喘。让他喘不过气来的另一个原因还在她。她脖颈雪白，胸脯高耸，汗衫湿了半个圆。她将汗衫掀起来擦乳沟里的汗的时候，他一把夺过手绢儿："我给你擦！"擦着擦着，他的手就爬到那两座小山的顶端了，他说是："不好好吃饭，就是这地方还有点肉！"

　　她娇嗔地："谁让你不好好怜惜我来着，还净气我！"

　　他随手将一朵山花采下来插到她的头上："我不了！"

　　可过一段，又不行了。她发觉杨财贸这个人特别不懂得尊重别人，跟有病的似的，每一次做爱都让她觉得受了一次侮辱。她最不能容忍的是他对她爹的态度。王九子颈椎骨质增生，过一会儿他要将脖子扭一下。杨财贸每次去他家回来，总要学他那么几次，脖子故意那么一扭一扭。王秀云很生气，说是：你不大懂得尊重人是不是？对你老婆这样，对你岳父也这样？

　　他嬉皮笑脸地说是："闹着玩儿的！"

　　"跟同辈儿可以闹着玩儿，跟老人就不能这么闹着玩儿！"

　　"我又没守着他扭脖子！"

　　"可你守着他女儿！我要守着你学你爹你有什么感觉？"

　　"你学就是了，就怕你学不像！"

　　"你算是什么人！"

　　后来终于就爆发了一次大的冲突。

　　钓鱼台有个风俗，嫁在当庄的闺女每年给父母做生日的时候，除了生日的那天回娘家做一次之外，过后还要将父母请到自己家再过一次。那天王秀云早早地就包好了饺子，打发杨财贸去请她父母。王九子还客气了一番，脖子一扭一扭地说是："甭价，昨天刚过了的，今天还麻烦个啥！"但还是来了。待喝完酒要吃饭的时候，王秀云大概想显示一下自己的丈夫什么都能干，就让杨财贸去下饺子。俗话说："生搅饺子熟搅面"，这个他是记住了，但他搅的方法不对头，他不是用勺子的背面让水转圈儿饺子打翻儿，而是用勺子的正面去翻，三翻两翻，就把一锅好好的饺子给搅破了三分之二还要多，汤里自然就很有内容。破了就破了，他要嘿嘿一笑说声不会下，或干脆就不吭声作羞愧状也行。他不，他稀里咣当地盛上去，还要来两句，他说是："爹，你着重地喝汤吧！精饲料全在汤里！"想那王九子是何等要脸面的人，他怎能受得了这个？他骂声"什么东西！"将桌子一掀，拂袖而去！

王秀云当然就跟他大闹一场，想起结婚之后所受的羞辱，就声言要离婚，而后住到娘家去了。

此后很快就出来了一句歇后语，叫"杨财贸给他丈人做的生日——精饲料在汤里着重地喝汤。"这歇后语传得还特别广，几乎传遍了整个沂蒙山区十三个县，传得时间也特别长，从六十年代初一直传到现在，看样子还要无限期地传下去。你到沂蒙山区去，哪怕吃个非常一般的小酒席，待要上汤的时候肯定会有人提起这事。

越传王秀云压力越大，越传越觉得没脸，待到杨财贸重新甄别又恢复了工作的时候，就跟他离婚了。

杨财贸在那段时间的日记中只记了一句话：托洛茨基返故居，不战不和意何如？

杨财贸离婚不久，就调回原籍去了。

钓鱼台有人就跟刘玉华说："怎么样？沂河水养不了渤海鱼吧？你还不信！"

刘玉华哀叹一声："让你不幸而言中了，可那不是我的本意啊！人家张立萍跟王德宝不就过得很好？"

十一

若干年后的一个冬天，钓鱼台来了个推销海产品的，来到就找刘玉华。刘玉华这时早就不当团支部书记兼会计了，他在钓鱼台最后一个生产队里当队长。刘玉华一开始没认出他来，待看了他的名片才知道他是渤海水产总公司的经销副经理杨文彬，即当年的那个杨秘书杨财贸。

刘玉华就介绍他跟钓鱼台一个外号叫税务嫂子的个体经商户建立了业务联系。

杨财贸在税务嫂子那里办了一桌酒席，把刘曰庆、刘玉华跟王德宝都请到了。他跟他们打听王秀云。刘玉华就告诉他，王秀云后来嫁给了闯东北的刘来顺的大哥刘大顺，走了就再没回来，听说日子过得还不错。

杨财贸就表达了下述四个意思：

一是钓鱼台是温柔之乡。在他最困难的时候，钓鱼台接纳了他，而当他日子好过的时候，王秀云离开了他，有君子之风。

二是他对不起刘曰庆、刘玉华，特向二位道歉。社教中他二位因瞒产私分问题职务给撸了，是他告的状。当时的目的是想立功赎罪，尽快恢复工作，这也是王秀云最终跟他离婚的根本的原因。

三是张立萍是个好同志。他曾多次追求过她，恢复工作之后也还给她写过信，她始终不为所动，守身如玉，难能可贵。

四是建议钓鱼台干部群众进一步解放思想，大力发展乡镇企业，争取尽快脱贫。

最后他问刘玉华："你有个叔伯兄弟当作家是不是？"

刘玉华说："是啊，怎么？让他给你来一篇？"

他就拿出一个日记本，让他转给他那位作家兄弟，看他搞创作用不用得上，"咱不要那纯歌颂的，咱就来个实事求是，客观公正！"

读者诸君所看到的每一节的后边的话，就是他的日记摘抄了。

这样写还公正吗杨财贸？